Övergreppet

Övergreppet

Ulla Bolinder

FSC
www.fsc.org
MIX
Papper från
ansvarsfulla källor
Paper from
responsible sources
FSC® C105338

Våldtäkt har sin inre, privata betydelse för varje offer.

DEL ETT

1992

Kommer ut på gatan, ut i ljuset på gatan
Är nära att förlora balansen, tar stöd mot husväggen
Ser inte, vet inte
Blundar
Känner en hand på armen, en hand som kramar åt om
armen
Vad har du råkat ut för då
råkat ut för
Det går runt i huvudet, benen vill vika sig
får inte svimma, får inte ramla omkull
Händerna griper hårdare
ramlar inte
Står mot väggen, står tryckt mot väggen
Behöver du hjälp
Öppnar ögonen, ser hans ansikte
ögon, näsa, mun
Är det nån som har bråkat med dig
bråkat med
Det svider i halsen, tungan känns stel
måste åka hem, måste hämta väskan och åka hem, måste
gå tillbaka och hämta väskan

Vinglar till, griper tag
Ta det lugnt, jag håller i dig, det ordnar sig
Lampan på väggen, kläderna på marken, utspridda på
marken, slängda i gruset, det upprivna gruset, spåren i
gruset

Går i det bleka ljuset på gatan, går bredvid honom på
trottoaren, på den kalla trottoaren
Känner hans arm om ryggen, hans lår mot höften, hans
ben mot låret
han hjälper mig
Ser knäna nedanför kanten på koftan, knäna och fötterna
som mekaniskt rör sig framåt längs trottoaren, fötterna
i smutsiga ankelsockor mot gatstenarna, hård kall sten
under fötterna, vinden som kyler mellan benen
Det skär och bränner för varje steg, bränner för varje
steg, skär och bränner
måste följa med, måste följa med honom in

Sitter på en stol med händerna i knät, sitter spänd och
stel med benen tätt ihop
Det luktar rök och parfym, luften står stilla, det frasar
av kläder, skrapar av skor, mumlar av röster, slamrar av
porslin
inne på restaurangen sitter folk och äter som om ingen-
ting har hänt
Snart är polisen här
polisen

Vad är det som har hänt här då
Ser hans hand, ser hans hand vid sidan av uniformsbyx-
orna, ser hans – stirrar rakt på hans –
Ser byxbenet, pistolhölstret, kopplet, bältet
Hör hans röst, rösterna, rösten
Är det nån som har varit otrevlig mot dig
otrevlig
Det känns tjockt i halsen, tomt i huvudet
måste sitta tyst och stilla, tyst och tom inne i mörkret,
inte ge efter, inte låta det komma fram, inte låta det
Ja, då ska du snart få följa med oss här
polisen, måste följa med polisen

Kommer in i polisbilen, in i mörkret i polisbilens baksäte
orkar inte, måste lägga mig ner, måste vila
Nej, nu får du inte
Nu måste du
måste sitta upp
Glider tyst iväg över asfalten, skuggor och ljus framför
ögonen, knastrande röster i radion, anropssignalens to-
ner i radion
måste följa med

Sitter på stolen med koftan nerdragen så långt det går
Det värker i ryggen och halsen, värker och bränner mel-
lan benen
inte allvarligt skadad
Lampan lyser på bordsskivan, stolen känns varm under

kroppen, varm och klibbig under kroppen
har inga trosor under koftan, tänker han på det, kan han
låta bli att tänka på det
Spänner kroppen, gör kroppen stel
får inte slappna av, får inte känna, måste berätta vad som
hände, måste komma ihåg hur det gick till, måste ta det
lugnt, måste ta en cigarett och bli lugn, röka och bli lugn

Håller cigaretten mellan fingrarna, det är röda fläckar på
fingrarna, rödbruna fläckar på fingrarna, torkat blod på
fingrarna
varifrån kommer det, måste gå och tvätta bort
Nej, nu får du inte
Först måste du

Står naken på golvet under lampan
är smutsig i ansiktet, luktar illa i ansiktet
Har du fått nånting infört i

Det svider och bränner mellan benen, svider och bränner
kommer snart att gå över
Tvättar händerna och ansiktet
blir inte ren
Dörren är olåst, vem som helst kan komma in
ingen kommer in
Är spänd i kroppen och darrig i benen
måste gå ut nu, måste fortsätta, måste orka, måste hjälpa
till

Ansikte efter ansikte
Det är inte säkert att han finns med
finns inte med

Sitter vid bordet med dörren stängd, ensam med honom
med dörren stängd
man, polis, kriminalinspektör, polis
Kan du vara snäll att så exakt som möjligt redogöra för
händelseförloppet
kan inte redogöra
Frågor och svar, frågor och svar
hinner inte med, har inte smält det än, är inte med

Hans händer på ratten, gatljus som glider in över hans
lår, ner över hans lår, ner mellan hans särade ben
ensam i bilen med
Fryser om fötterna, är kall om fötterna, har en räfflad
gummimatta under fötterna
inga trosor under koftan
Kontrollerar att knäppningen i koftan inte glipar
Mörker och ljus, ingen trafik, gatljus på den tomma as-
falten

När jag kom hem var Bernt vaken. Filmen hade slutat före halv elva, men jag kom inte hem förrän efter tre. Jag hade inte ringt heller, för jag trodde att han låg och sov, och jag tyckte att det var onödigt att väcka honom. Men han var uppe.

Jag skyndade mig in i badrummet och tog snabbt på mig ett par använda trosor som jag grävde fram ur tvättkorgen. Jag fick anstränga mig för att inte låsa dörren efter mig. Ankelsockorna kastade jag i sophinken. Sen kissade jag, tvättade händerna och ansiktet och gick ut till Bernt.

Han hade suttit vid köksbordet och rökt, för lampan var tänd och askkoppen var full med fimpar. Han hade druckit lite också men inte så att han var full.

"Vad i helvete har du haft för dig?" sa han och lät som att han trodde att jag hade varit ute med en annan. Jag ville inte prata med honom när han lät så där misstänksam och på sin vakt. Men jag var tvungen att berätta vad som hade hänt.

Han gick och satte sig vid bordet igen och tände

en cigarett, och jag såg att han var upprörd. Hans ansikte var som en stel mask, och hans röst var hård och kall, som den brukar vara antingen när han är arg eller när han känner sig osäker och rädd.

– Kläm fram med det nu! Var har du varit?
  – Jag har varit hos polisen.
  – Hos polisen?
  – Ja, det hände en grej efter bion.
  – Vadå för grej?
  – Det var en kille som blev lite närgången bara.
  – Vadå för en jävla kille?
  – En som dök upp när jag var på väg till bussen.
  – Vad gjorde han då?

Han hade väl blivit orolig när jag inte kom hem den tid jag skulle. Men jag kände mig nästan… *upprymd* och sa att en kille hade kommit och börjat bråka med mig – och han fattade ju på vilket sätt när han såg att jag inte hade alla kläder på mig.

Han frågade vad som hade hänt med kläderna.

"Dom blev kvar där", sa jag. "Dom tog polisen hand om sen."

"Men honom fick dom inte tag i?"

Och det visste jag ju inte, men det skulle väl polisen ha berättat i så fall, så jag sa att han hade kommit undan. Då sa han att han skulle åka ut på stan och leta reda på honom. Jag tyckte att han var löjlig, för hur skulle han kunna hitta honom efter så lång tid? Han var ju inte kvar där längre.

Och vad skulle han ha gjort om han hade fått tag i honom? Spöat upp honom? Men det skulle han aldrig ha klarat av, för den där killen var mycket större och starkare än han. Och han brydde sig ju inte om vad som hade hänt med mig, så det var bara löjligt av honom att säga så där.

Men han åkte inte. Det hade jag inte trott att han skulle göra heller. Han satt kvar vid köksbordet och rökte och sa inget mer.

När jag hade klätt av mig i badrummet och såg alla märken på kroppen fick jag nästan en chock. Jag hade aldrig sett så stora och mörka blåmärken förut. Jag skyndade mig att låsa dörren så att Bernt inte skulle kunna komma in och se mig. Jag vågade nästan inte titta själv. Det såg ut som att jag hade varit med om en olycka.

I duschen tvålade jag försiktigt in mig, och det sved överallt, men jag kunde inte låta vattnet rinna för länge, eftersom det var mitt i natten. Jag tänkte att jag fick duscha en gång till när jag hade sovit.

Bernt hade gått och lagt sig, men han var fortfarande vaken när jag kom in i sovrummet. Jag hade tagit på mig ett nattlinne med långa ärmar, och jag kröp fort ner i sängen och släckte lampan så att han inte skulle se märkena. Jag ville inte att han skulle få fel uppfattning och kanske tro att det hade varit värre än det var. Det behövs ju inte så mycket för att man ska få ett blåmärke.

Det kändes inte bra att ligga så nära honom och inte veta vad han tänkte eller vad han skulle kunna göra. Jag var rädd att han skulle röra vid mig, mot både sin och min vilja. Men han gjorde ingenting, och till slut hörde jag att han sov.

Jag vill inte visa mig så här. Märkena på kroppen syns inte, men det i ansiktet kan jag inte dölja, och inte blåmärkena på armarna heller. Jo, om jag har långärmade tröjor på mig, och det brukar jag för det mesta ha nu på hösten, så det ska väl gå. Jag vill inte att folk ska börja undra och fråga vad jag har gjort. Om jag inte hade varit tvungen skulle jag inte ha berättat det för Bernt heller.

Det står om det i tidningen idag. Jag har klippt ut
det och tänker spara det. Jag vet inte om Bernt har
läst det. Jag hoppas att han missade det, för jag
tycker inte att det angår honom.

*VÅLDTÄKTSFÖRSÖK. En kvinna i 20-årsåldern, hem-
mahörande i Uppsala, utsattes sent på fredagskvällen för
ett våldtäktsförsök i centrala Uppsala. Hon kom gående
på Vaksalagatan när plötsligt en man dök upp bakom
henne och tvingade in henne på bakgården till Vaksala-
gatan 25. Gärningsmannen var klädd i mörk vindtygs-
jacka och beskrivs vara 20–25 år samt ha kraftig kropps-
byggnad. Han var vid midnatt fortfarande på fri fot.*

Jag har ont i hela kroppen. Det känns som tränings-
värk. Och blåmärkena är ömma. Men annars är det
ingenting.

På polisstationen var det en polis som frågade
om jag hade varit med om liknande saker tidigare
eftersom jag tog det så lugnt. Men alla ville att jag
skulle berätta vad som hade hänt så fort som möj-

ligt, och då kunde jag ju inte hålla på och känna efter samtidigt.

Innan, när jag satt i polisbilen, trodde jag att jag kunde slappna av lite. Jag var som bedövad, och det kändes som att jag inte skulle orka hålla mig uppe. Först trodde jag att polisen bredvid mig kanske skulle hålla om mig eller ge mig en filt att svepa in mig i, men det gjorde han inte. Han gjorde ingenting. Inte förrän jag lutade överkroppen åt sidan och försökte lägga mig ner på sätet och dra upp benen reagerade han.

"Nej, nu får du inte lägga dig, nu måste du försöka ge oss ett signalement på honom", sa han.

Efter det försökte jag inte mer.

Poliserna trodde kanske att jag hade varit med på det från början men ångrat mig sen, eftersom jag verkade så lugn. Så var det inte, men det var mitt eget fel att det hände. Jag hade ju inte behövt vara där.

Jag vet inte varför jag går ut så där ibland, utan Bernt. Jag vet inte vad det är för mening med det, utom att jag får vara lite för mig själv ett tag. Nu känns det som att det som hände är straffet för att jag gick ut, och att jag får skylla mig själv. För jag gick där och önskade att kvällen inte skulle ta slut. Det var därför jag inte kände mig så avvisande som jag borde ha gjort när den där killen började gå bredvid mig. Jag tittade på honom för att se om han var snygg eller inte och kände efter om jag gillade hans utseende. Om jag hade varit helt ointresserad skulle jag ju inte ha gjort så.

Men han var ganska ful och kändes inte trevlig, så jag tappade intresset på en gång. Och han kanske märkte det. Det var kanske därför han blev arg och tog tag i mig när jag vände mig bort. Jag tror i alla fall inte att han hade bestämt i förväg att han skulle ställa sig och vänta på att ett lämpligt offer skulle dyka upp. Om jag bara hade svarat på hur mycket klockan var och inte hade bedömt honom så där skulle han kanske inte ha gjort mer. Eller om jag inte hade svarat alls. Men av det kunde han ju också ha blivit arg. Och det verkar så oartigt att inte svara när en människa kommer och ber om en upplysning.

"Här kommer det en som har gått in i en dörr", sa
Egon när jag kom till jobbet och han såg blåmärket
på min kind. Jag vet vad man menar när man säger
så, men jag rättade honom inte. Jag orkade inte ens
ljuga för honom. Han är bara en trist gubbe som jag
inte behöver bry mig om.

"Visst", sa jag och gick därifrån.

Viola måste också ha sett blåmärket, men hon sa
ingenting.

Det gick bra att jobba fast jag var spänd. Jag gjorde bara som jag brukar. Ibland kom jag av mig lite
och satt och stirrade rakt fram utan att tänka. När
det kändes som att jag höll på att spricka tog jag en
cigarett eller gick in på toaletten och tvättade mig.
En gång gick jag in i Görans rum och stängde dörren. Jag bara stod där och visste inte vad jag skulle
göra. Jag tänkte att om han kom och hittade mig
skulle jag kunna släppa fram det och få hjälp. Men
han var inte där.

På kvällen ringde en polis och bad mig komma
till polisstationen dagen därpå och hämta mina klä-

der. Det var Bernt som svarade, och när han sa att jag hade telefon såg han så där arg och konstig ut igen, som att det är väldigt genant och obehagligt för honom att jag har fått med polisen att göra, och att jag borde skämmas och be honom om ursäkt för det.

På polisstationen fick jag träffa samma polis som förra gången. Vi satt inne på hans tjänsterum, och han pratade om vädret och sa att kvällsmörkret kommer allt tidigare på eftermiddagarna nu och att det kan kännas lite dystert att dagsljuset har hunnit försvinna när det är dags att åka hem från jobbet.

Jag sa nästan ingenting, för jag orkade inte vara artig, och jag kunde inte slappna av, fast det nog var det han försökte få mig att göra genom att prata om annat så där. Jag tänkte att det var på grund av mig som han inte skulle hinna hem förrän det hade blivit mörkt och kände mig skyldig.

Polisen hade gjort en brottsplatsundersökning och hittat en ölburk och ett skoavtryck inne på gården, sa han. Jag blev förvånad när han berättade det, för jag trodde inte att bråk, där ingen har blivit allvarligt skadad, undersöktes så noga. Fingeravtryck och fotspår trodde jag att man bara letade efter vid grova brott.

Efter en stund tog han fram en kasse med mina kläder och ställde upp den på skrivbordet. Det var kappan, långbyxorna och skorna. Trosorna låg i en genomskinlig plastpåse som han höll upp.

"Ja, dom här är det väl bara att kasta?" sa han och släppte ner påsen i papperskorgen.

Sen började han förhöra mig. Han var tvungen att ställa frågor hela tiden för att jag skulle komma igenom det.

– Och vad hände sen?

– Han började gå bredvid mig.

– Vad tänkte du då? Hur uppfattade du hans avsikter?

– Jag trodde att han skulle åt samma håll som jag. Men sen tänkte jag att…

– Ja?

– Att han var ute efter sällskap.

– Och hur ställde du dig till det?

– Avvisande.

– Du var inte intresserad?

– Nej.

Vartefter som jag svarade, upprepade han det och spelade in det på ett band.

Ibland blev det lite pinsamt. När jag skulle säga att jag föreslog att jag skulle onanera åt den där killen visste jag inte om jag skulle säga onanera eller runka, men jag valde runka, och när han spelade in det sa han: "Med förhoppningen att mannen skulle lämna henne ifred om han fick utlösning erbjöd hon sig att onanera åt honom."

Så stängde han av bandspelaren och sa:

"Och så runkade du åt honom?"

Onanera heter det väl? tänkte jag. Jag höll nästan på att säga det högt. Samtidigt skulle jag ha lett lite skälmskt mot honom, kände jag. Jag vet inte vad som tog åt mig. För vad skulle det ha gett för intryck om jag hade börjat skämta om sex i den situationen? Då skulle han ju ha kunnat tro att jag gjorde likadant när det hände.

Det var tur att jag hann hejda mig. Men jag blev full i skratt åt att han verkade tro att jag inte skulle förstå om han sa onanera. Jag brukar säga onanera, men till den där killen sa jag runka, och därför använde jag det ordet när jag blev förhörd också.

– Använd vilka ord du vill. Om det är lättare för dig att använda slanguttryck, så gör det, och tycker du att det är lättare att använda mer strikta ord, så gör det. Huvudsaken är att jag får veta exakt vad han gjorde med dig. Förstår du?

Att jag fick lust att skämta berodde kanske på att jag ville lätta upp stämningen lite, så att polisen som förhörde mig skulle förstå att han inte behövde ta det så allvarligt.

När jag kom hem frågade Bernt hur det hade gått.

"Vad sa snuten då? Hade dom fått tag på den jäveln?"

"Nej, och inte tror jag att dom kommer att få det heller", sa jag.

"Nej, och lika bra är kanske det?"

Det verkar som att han tror att jag är glad åt att polisen inte har hittat honom. Som att jag egentligen hoppas att han ska komma undan. Men varför skulle jag hoppas det?

Bernt har varit så konstig sen det hände, och jag vet inte vad jag ska göra för att han ska bli som vanligt igen. Han brukar ju vara snäll, men det är han inte längre. Han verkar misstänksam och arg, som att han tror att jag var med på det, eller att jag inte försvarade mig så mycket som jag borde ha gjort, eller att det var jag som lockade honom till mig.

Idag står det om det i tidningen igen. Jag blev förvånad när jag såg det, för jag trodde inte att polisen tyckte att det som hände var särskilt viktigt. Jag hoppades att Bernt inte hade hunnit läsa det innan jag klippte ur det, men det hade han.

POLISEN VILL HA HJÄLP HITTA VÅLDTÄKTSMAN. I fredags utsattes vid 22.30-tiden en 22-årig kvinna för ett våldtäktsförsök i centrala Uppsala. På Vaksalagatan söder om Storgatan antastades kvinnan av en man i 20–25-årsåldern. Under pistolhot tvingade han in kvinnan på en gård vid Vaksalagatan 25. Kvinnan lyckades dock slita sig och springa från platsen innan våldtäkten fullbordades. Mannen, som fortfarande är på fri fot, var cirka 180 cm lång, hade kraftig kroppsbyggnad, brett ansikte samt kortklippt ljust hår. Kriminalpolisen är angelägen att komma i kontakt med personer som sågs passera platsen under den aktuella tidpunkten. De som har några upplysningar i fallet uppmanas ta kontakt med kriminalpolisen i Uppsala.

"Jaså det var under pistolhot?" sa han och såg ut

som han brukar göra när han tycker att saker är obehagliga. Ansiktet blir stelt och uttryckslöst, som att han försöker dölja det han känner bakom en tom mask. Och så sa han att jag tydligen hade haft gott om tid att studera "den jäveln", eftersom jag kom ihåg hans utseende så bra.

Och det hade jag, men inte som han menade. Jag tänkte inte så noga på det förrän jag skulle beskriva honom för polisen. Det fick jag göra redan i polisbilen, innan vi åkte till stationen, så att efterlysningen skulle kunna skickas ut på en gång, till andra poliser som skulle hålla utkik efter honom. Fast då hade han ju redan hunnit försvinna. För så dum, att han fortsatte att gå omkring på stan efteråt, tror jag inte att han var.

– Jag vet att det kan vara svårt, men du måste ge oss så många detaljer som möjligt om hans utseende så att vi kan meddela radiobilarna. Du måste ge oss både signalementet på honom och all annan information som kan hjälpa oss att gripa honom.

– Ja.

– Kan du beskriva hur han såg ut då?

– Ja, han var ganska lång…

– Ungefär hur lång?

– Jag vet inte. Jag är så dålig på…

– Jämför med din egen kroppslängd. Var han huvudet högre än du?

– Ja, ungefär.

– Och hur lång är du?

– En och sextiofem.

– Jaha… Och vad hade han för kroppsbyggnad?

– Han var kraftigt byggd.

– Stor och muskulös eller mera ordinärt kraftig?

– Mera ordinärt.

– Vad hade han för färg på håret då?

– Det var ljust.

– Långt eller kort?

– Kort.

– Stubbat?

– Nej, kort på sidorna och längre upptill.

– Och ansiktet? Kan du beskriva det?

– Ja, det var brett. Fyrkantigt, liksom. Och ögonen var ljusa. Jag vet inte vilken färg, men inte bruna i alla fall.

– Okej. Och mer?

– Jag vet inte… Jo, det var nånting med näsan.

– Ja?

– Den var platt.

– Hur då?

– Intryckt mot ansiktet liksom.

– Hade han en så kallad boxarnäsa? Är det det du menar?

– Ja.

– Jaha… Och hur gammal kunde han vara?

– Tjugo, tjugofem kanske…

– Hur var han klädd då? Tänkte du på det?

– Ja, han hade mörkblå jacka och jeans.

– Vad för sorts jacka?

– En kort, med blixtlås i fram och resår nertill.

– En så kallad vindtygsjacka?

– Ja. Och på fötterna hade han vita gymnastikskor.

– Då ska vi se… Han var kraftigt byggd, cirka hundraåttio centimeter lång, hade ljust kortklippt hår och var klädd i mörkblå jacka, jeans och vita gymnastikskor. Är det en riktig sammanfattning?

– Ja.

– Då skickar vi ut det. Det är inget annat du kommer ihåg om hans utseende? Han hade inga ärr, tatueringar eller andra speciella kännetecken?

– Nej, bara det där med näsan.

– Han bröt inte?

– Nej.

– Och du fick inte reda på vad han hette? Han sa ingenting som avslöjade hans identitet?

– Nej.

– Då har jag bara en fråga till, och det är om du tror att du skulle känna igen honom om du fick se honom igen.

– Ja, det tror jag.

– Det är bra. Då åker vi.

Idag kom Göran tillbaka till jobbet. Han har varit ledig, och jag har inte träffat honom sen det hände. Så fort han fick se mig frågade han hur jag hade fått blåmärket i ansiktet. Jag sa att jag hade fått det från ett hörn på en bok som hade ramlat ner från en hylla, för det hade jag tänkt ut att jag skulle säga om jag skulle få frågan. Men jag tror inte att han trodde på det. Jag tror att han misstänker att det är Bernt som har slagit mig.

Jag vet att jag är feg som inte vågar berätta sanningen, men om till exempel Viola skulle få reda på vad som har hänt skulle hon vilja veta vad jag känner och kanske börja tycka synd om mig, och det skulle jag inte stå ut med. Hon skulle låtsas att hon förstod och spela förskräckt och medlidsam för att hon tror att det är så man *ska* reagera. Samtidigt skulle hon frossa i det och förfasa sig över alla hemska våldtäktsmän som drar omkring på gatorna. Jag vet inte varför jag tror det.

Och hon skulle berätta det för Egon, som säkert skulle kunna göra likadant själv. Nej, men han är äcklig. Kommer och lutar sig över en när man sitter vid bordet, eller råkar snudda vid en när man går förbi, eller ställer sig nära när det är saker han ska visa. Om han fick veta att en kille har försökt våldta mig skulle han kanske bli ännu slemmigare.

Viola hörde vad Göran och jag pratade om och sa att hon tyckte att jag såg trött ut. Och jag har haft lite svårt att sova på sista tiden. Jag ligger och tänker på allt möjligt så att jag inte kan slappna av, och om jag lyckas somna glimtar det till av bilder och ord i huvudet så att jag vaknar igen. Ibland har jag haft mardrömmar.

Jag röker mer också. Jag är nog uppe i ett paket om dagen nu. Det är nästan äckligt, men jag gör det ändå.

Den där killen rökte också. Det glömde jag säga till polisen. När han höll för min mun kände jag att det luktade nikotin om hans fingrar. Men det spelar väl ingen roll att han rökte, för det gör ju nästan alla.

Ibland känns det som att jag skulle vilja krypa ihop och gömma mig under ett tjockt täcke och bara ligga där i värmen och mörkret och inte behöva bry mig om hur allting är.

Men det går inte. Jag är aldrig ensam. När jag låg på sängen kom Bernt och sträckte ut sig bredvid mig och försökte hålla om mig. Han ville ligga med mig, men jag drog mig undan, för han var inte riktigt nykter, och jag tycker inte om att ligga med honom när han har druckit.

Då rullade han åt sidan och började onanera istället. Han bestämde sig för att ta saken i egna händer och dra slutsatsen själv. Jag fick nästan en chock, för jag hade aldrig sett honom göra det förut, och jag ville inte se på. Jag vände mig bort, och först trodde jag att han skulle låta mig vara, men efter en stund sa han att han ville att jag skulle hjälpa till.

"Kom nu och visa vad du gjorde med pitten på stan", sa han. "För den har du väl inte glömt? Nej, jag tänkte väl det. Vad var det för format på den då? Det har du inte berättat. Och inte vad du gjorde med den heller."

Hur kan han säga så, när han inte vet vad som hände? Varför tror han att jag tog i den? Han kan inte veta vad jag gjorde.

Sen såg jag att han hade en porrtidning uppslagen bredvid sig, och det har jag heller aldrig sett honom ha förut. Jag visste inte att han brukar använda sig av porr. Och fast jag hade sagt att jag inte ville – och jag ville ju ännu mindre då, när jag hade sett honom ligga och hetsa upp sig med bilder – så gjorde jag inget motstånd när han tog av mig kläderna och hävde sig upp på mig. Han har låtit mig vara hela tiden sen det hände, och jag kan ju inte begära att han ska vara utan hur länge som helst.

Men han var så konstig. Det kändes som att han var arg och ville straffa mig. Han stötte och stönade och sa:

"Var det så här tjuren gjorde? Var det så här han knullade dig?"

Varför säger han så, när han vet att jag kom undan? Eller tror han att jag ljög för polisen?

Och han såg alla blåmärken. Först skämdes jag, men sen tyckte jag att det var lika bra, för nu måste han ju tro på att jag kämpade emot. Han sa inget, men jag kände att han tyckte att det var obehagligt.

DEL TVÅ

Jag känner mig spänd och har svårt att slappna av. En del kvällar tar jag ett glas vin innan jag går och lägger mig för att jag ska somna lättare. Jag vet att jag inte får låta det bli en vana, men jag blir så trött på dagarna om jag inte får sova på nätterna, och jag vill helst inte känna mig okoncentrerad på jobbet. Bernt brukar göra mig sällskap och ta ett glas han också, men det vill jag egentligen inte att han ska, för det är inte för att jag vill umgås med honom som jag dricker, utan för att jag ska kunna somna. Han och jag har ändå inget att prata om.

Den där killen hade också druckit. Det luktade sprit om hans andedräkt, och i jackfickan hade han en fickplunta.

– Är det nåt annat du minns om hans utseende? Eller nåt annat för övrigt?

– Neej...

– Ingenting som du speciellt reagerade på?

– Neej... Jo, att det luktade sprit om honom.

– Var han berusad?

– Ja, jag tror det.

– Var han synbart påverkad, så att han hade svårt för att prata och gå, eller var det mest lukten du reagerade på?

– Det var mest lukten. Och så hade han en flaska i innerfickan.

– Vad för sorts flaska?

– En liten, platt. En fickplunta eller vad det heter.

– Och den förvarade han i innerfickan på jackan?

– Ja.

– Hur visste du att han hade den där då? Tog han fram den?

– Nej, jag kände den när han tryckte sig mot mig.

Jag försöker glömma honom, men det går inte. Det känns som att jag är fastbunden vid honom med ett osynligt rep. Hur mycket jag än vrider och vänder mig så kommer jag inte loss. Jag vet inte hur jag ska bli av med honom.

När jag är ute bland folk dras mina ögon till alla ljushåriga och kortklippta killar utan att jag tänker på det. Fast min hjärna är upptagen av annat, så letar mina ögon. Varför blir det så? Jag vill ju inte hitta honom.

Vad skulle jag göra om jag fick se honom? Gå och ringa till polisen? Men han skulle ju ha hunnit försvinna innan polisen kom dit. Och jag skulle inte kunna gå fram till honom och tvinga honom med mig eller be en annan person hålla fast honom medan jag gick och ringde.

Om jag var säker på att han inte kände igen mig skulle jag kanske kunna börja prata med honom och försöka ta reda på vad han hette, men jag vet ju inte hur mycket han kommer ihåg av mig.

Eller skulle jag följa efter honom och hoppas att han var på väg hem?

Nej, jag vill inte hitta honom.

Ibland när jag tror att det är honom jag ser i folkvimlet får jag hjärtat i halsgropen och blir rädd att han ska få syn på mig, men annars är jag inte rädd. Jag var inte riktigt rädd när det hände heller, fast han var så hotfull. Jag tyckte synd om honom. För att kunna göra som han gjorde måste man vara väldigt ensam och olycklig, tror jag. Jag har tänkt att det inte var sex han var ute efter utan kärlek. Hans mamma kanske avvisade honom när han var liten och behövde henne, så att han måste försöka tvinga andra att älska honom nu. Jag menar inte att jag tycker att han hade rätt att göra det han gjorde, men jag kan inte hata honom för det.

Det borde jag. Jag vill inte tycka synd om honom och känna mig överseende och förlåtande, men jag vet inte vad jag ska göra åt det. Om jag har begravt det jag egentligen känner, så vet jag inte hur jag ska få fram det. Man kan ju inte tvinga sig själv att känna. Det är kanske en försvarsmekanism som gör att jag inte kan. Jag vet inte. Jag är så knäpp.

Det knäppaste är att jag tycker att det som hände

var *intressant*. Jag skäms för att jag tycker det, och jag förstår inte varför jag gör det, men det är så det känns. Jag tycker att det var en intressant erfarenhet. Och så känner jag mig stolt: Så här mycket klarar jag av utan att bli knäckt! Och märkvärdig: Ni vet inte, ni, vad jag har varit med om! Och smickrad: Av alla som var ute den kvällen så valde han just mig!

Jag kan inte vara riktigt klok som tänker och känner så! Det är inte normalt. Jag borde ju vara ledsen istället för smickrad och stolt.

Men det är jag inte. Det kan jag inte.

Jag fick skjuts av Göran hem från jobbet. Det får jag ganska ofta, eftersom han bor åt samma håll som jag. Han har en lägenhet på Johannesbäcksgatan och Bernt och jag bor på Gröna gatan. Bernt vet inte om att jag brukar åka med honom, för han kommer alltid hem senare än jag, och jag brukar inte prata med honom om mina arbetskamrater.

Göran och jag pratar inte heller så mycket. Han är äldre än jag och tycker kanske att vi inte har så mycket gemensamt. Vi lyssnar mest på musik medan vi åker.

Den här gången satt han först tyst som vanligt, men sen tittade han lite extra på mig och sa:

"Hur är det?"

"Bra", sa jag.

"Du har inte fått fler böcker över dig då?"

Jag kände mig dum och visste inte vad jag skulle svara, för jag vet ju att han inte trodde på det där om att en bok hade ramlat ner från en hylla.

Och plötsligt fick jag för mig att jag skulle berätta det för honom. Jag blev nervös bara jag tänkte det.

Hjärtat började slå fortare och jag blev alldeles darrig. Jag visste ju inte alls hur han skulle ta det. Gode Gud, hur säger man? tänkte jag. Det går ju inte att säga! Där satt han och trodde att det var Bernt som hade slagit mig, och så skulle jag säga att jag har blivit överfallen och nästan våldtagen. Men jag kunde inte, så det blev ingenting.

Jag är nästan säker på att han tror att jag ljög för att skydda Bernt, och jag vill inte att han ska gå och misstänka det om mig, men jag får skylla mig själv som inte fick ur mig sanningen. Jag vet att det är fler än man tror som blir våldtagna, och att man inte behöver skämmas om man råkar ut för det, men det känns så ändå.

Och man vet aldrig hur folk ska reagera. Inte för att jag tror att Göran skulle fördöma mig och tycka att det var mitt eget fel, men han skulle kanske tycka synd om mig, och det skulle jag inte stå ut med.

Jag kan inte sluta tänka på det. Ibland ser jag det som på en film, där kameran kommer närmare och närmare det som händer. Samtidigt som jag är med i filmen står jag utanför och tittar på. När Göran och jag åkte förbi Lucullus tänkte jag på när jag satt där inne innan polisen kom. Jag såg det framför mig. Den tomma polisbilen på gatan, ingången till restaurangen, folksamlingen i kapprummet… När vi var på väg ut till polisbilen, och folk såg mig gå där med poliserna, tänkte jag att alla kanske trodde att jag hade begått ett brott eller att jag var knarkare eller alkoholist, och då skämdes jag.

Det skar som av en kniv i mig när bilderna dök upp, och det kom ett ljud ur min mun som jag inte hann hejda. Göran tittade på mig och frågade vad det var och tänkte nästan stanna bilen. Det kändes som att jag höll på att kvävas, och jag försökte hosta att par gånger för få bort det, men det hjälpte inte.

Ibland kan jag få för mig att jag är kär i Göran och att han är kär i mig. Jag vet att det kommer sig av att han är vänlig och verkar lite intresserad av mig, men det betyder ju inget. Det känns som att han bryr sig om mig. Och det gör han kanske, men inte på det sättet som jag menar. Det fattar jag. Och jag orkar nästan inte med det. Men jag vill ju ha det, så samtidigt njuter jag.

Jag är så dum.

Jag tänker på det som hände nästan hela tiden. Jag kan inte hindra att minnesbilderna dyker upp.

När allt var klart på polisstationen trodde jag att jag skulle få ta en taxi hem, men jag fick åka med en polis i hans privata bil. Han skjutsade mig när han skulle åka hem själv. Då var klockan över tre på natten. Det var honom jag hade blivit förhörd av sist, så han visste allting, men han sa inget mer om det utan försökte prata om andra saker för att skingra mina tankar. Jag svarade bara enstavigt, för jag orkade inte vara artig och sitta och konversera som om ingenting hade hänt.

– Det är inte många ute så här dags på dygnet.
  – Nej.
  – Dom flesta ligger hemma och sover.
  – Ja.
  – Men för en del andra är det aktiv arbetstid.
  – Ja.

Jag hade inga långbyxor och inga skor på mig, och

fötterna kändes som isbitar. Han hade satt på värmen, men jag frös ändå och kände mig konstig. Det kändes obehagligt att sitta där och inte veta vad han tänkte. Jag var ensam med honom i bilen och han hade makt att göra vad han ville. Jag vet inte varför jag tänkte så, för jag trodde inte att han var farlig. Han var ju polis, och han visste vad som hade hänt. Men en gång läste jag om en läkare som våldtog en tjej som han skulle undersöka efter en våldtäkt. Det är säkert inte sant, för så kan ju inte en läkare, som är till för att hjälpa andra och som alla litar på, göra. Inte en polis heller.

När vi var framme stannade han bilen vid trottoarkanten och väntade på att jag skulle kliva ur.

– Bor du ensam eller har du nån hos dig nu när du kommer hem?
– Min kille är hemma.
– Det är bra. Hoppas du kan sova nu.
– Ja. Hej då och tack för skjutsen.

Jag ville inte gå in till Bernt, men jag hade ingen annanstans att ta vägen, och när jag kom in var han vaken och frågade var jag hade varit. Jag ville inte prata om det, för han kändes så arg.

Det vill jag fortfarande inte. Det värsta är att jag inte har lust att ligga med honom heller. Jag gör det ändå, för att jag tycker att jag måste, men jag känner ingenting. Jag har inte velat medge det förut, men när han blev så där upprörd och sa att han skulle sticka ut och leta efter den där killen på stan kände jag att det lika gärna skulle ha kunnat vara han som hade bråkat med mig. Jag vet inte varför, för han har aldrig varit våldsam eller försökt tvinga sig på mig. Det kändes som att han sa att han skulle åka ut och leta reda på den som hade antastat mig bara för att han tyckte att det var så han *borde* reagera, och inte för att det var så han kände.

Göran skjutsade mig hem, och när jag kände bland-
ningen av hans rakvatten och röken från min ciga-
rett i bilen blev jag påmind om hur det var när jag
satt i kapprummet inne på Lucullus och väntade på
att polisen skulle komma. Det var som ett brus av
röster och ljud runt omkring oss, men jag hörde
vad killen som hade hjälpt mig dit pratade om med
en kille som jobbade där, för båda stod alldeles in-
till mig.

– Kan hon sitta kvar här? Hon är inte i vägen?

– Nej, det är inga problem. Mår hon dåligt?

*– Ja, det är nån som har hoppat på henne och försökt
våldta henne.*

– Våldta?

– Ja.

– Åh, fy fan. Har nån ringt efter snuten då?

– Ja, dom är på väg.

– Var det du som hittade henne?

*– Ja, för en stund sen. Hon kom utvacklande ur en
port helt apatisk.*

– Här i närheten?
– Ja, en bit uppåt gatan här.
– Hade hon blivit utkastad ur en bil?
– Nej, det hände inne på en bakgård.

Jag ville inte tänka på det och gjorde kanske en rörelse som fick Göran att märka att jag kände mig illa till mods, för han tittade på mig och frågade vad det var. Det lät som att han inte menade bara just då utan över huvud taget, och jag vet inte varför, men när jag hörde hans tonfall blev jag gråtfärdig och var tvungen att vända mig bort för att han inte skulle se att jag var ledsen. Jag kunde inte svara utan satt bara och stirrade ut genom fönstret och kämpade med gråten. Då stannade han bilen och frågade en gång till vad det var.

Men jag kunde inte berätta det för honom. Jag känner honom inte så bra, och vi har aldrig pratat om några personliga saker förut. Det enda jag vet om honom är att hans syster dog i en bilolycka för några år sen. Det är inte han själv som har berättat det, utan det gjorde Viola när jag var ny på kontoret. Jag har inte tänkt så mycket på det, och jag har aldrig pratat med honom om det, men nu när det här har hänt förstår jag hur hemskt han måste ha haft det. Det var inte han som orsakade olyckan, men det var han som körde när den inträffade. Själv blev han bara lindrigt skadad, men hans syster dog, och det jag har varit med om är ju ingenting i jämförelse med det.

Jag vågade inte berätta det och sa att vi skulle åka igen. Men när han startade bilen och körde iväg blev besviken, för innerst inne hade jag hoppats att han skulle envisas.

På kvällen när jag hade gått och lagt mig tänkte jag på hur det skulle ha känts om han hade kramat och tröstat mig, och då blev jag ledsen igen och kände att jag ville det.

Så fort Bernt tar i mig är det bara sex. Han kan inte slå armarna om mig utan att trycka underlivet mot mig samtidigt. Och jag har inte reagerat på det, för jag har aldrig varit med om annat. Jag har aldrig vetat hur det kan vara, för pappa kramade och pussade aldrig mig. När jag blev äldre och började gå ut och träffa killar trodde jag att det skulle vara så. Jag fattade inte att en kille kan vara öm och omtänksam utan att blanda in sex i det. Att han kan vara så att man känner att man inte behöver vara på sin vakt mot honom så fort han närmar sig.

Bernt har berättat det för sina föräldrar. Men han kunde inte berätta några detaljer, för han har inte fått veta några detaljer. Han vet inte hur långt ifrån eller hur nära det var. Han vet inte vad jag tänkte och kände. Han vet inte hur det gick till. Han vet inte, och jag tänker inte berätta det för honom heller.

Jag tyckte att Rut satt och iakttog mig i smyg, och när hon pratade med mig hade hon ett tröstande och lugnande tonfall som hon inte brukar ha annars. Och Olle undvek att titta på mig, tyckte jag, och att prata med mig också, som att han var rädd att jag skulle häva ur mig alltihop om jag bara fick tillfälle. Jag försökte verka som vanligt för att ingen skulle känna sig tvingad att fråga hur jag mådde eller be mig berätta. Jag visste ju att ingen skulle orka med det.

Jag tycker att det var onödigt av Bernt att berätta det. Jag frågade honom sen varför han hade gjort det och vad han hade sagt.

"Hur så då?" sa han. "Jag sa att en jävel kom och

hoppade på dig på stan. För det var väl så det var?"

Jag blir ledsen när han säger så där, som att han misstänker att jag har ljugit för honom. Jag fattar inte varför han gör det. Varför måste han vara så fientlig? Det känns som att han tycker att jag har förolämpat honom, och att han inte kan förlåta mig. Men det var ju inte mitt fel att det hände. Jag var i alla fall inte med på det, som han tycks tro.

Blev jag ofredad, antastad, attackerad eller överfallen? Jag vet inte vad jag ska kalla det. Det enda jag vet är att jag borde ha försvarat mig mer.

Jag har tänkt på vad jag kunde ha gjort för att klara mig undan. Jag kämpade emot och försökte komma loss hela tiden, utom i början när jag inte fattade vad han tänkte göra, men han var ju starkare än jag, och han blev arg och tog bara i hårdare.

Jag vet att det finns vissa saker som man kan ta till för att kanske klara sig, som till exempel att köra upp ett knä mellan benen på honom eller klämma till om pungen med händerna. Men tänk om man tog i för löst, så att det inte fungerade och han blev ännu argare? Och jag har ett motstånd mot att använda våld. Om jag blir riktigt arg kan jag kanske göra det men inte annars.

Och jag kände mig inte arg på honom. Jag vet inte varför. Från början fattade jag inte vad han var ute efter, och sen trodde jag i alla fall inte att han skulle försöka tvinga mig. Jag trodde hela tiden att jag skulle klara mig ur det. Varför var jag så dum?

Jag tog för givet att det skulle gå att prata med honom. Innan han dunkade mitt huvud mot väggen sa jag:

"Varför gör du så här? Det kommer ju ändå inte att gå. Om jag skriker kommer det folk hit och då åker du fast. Då ringer dom efter polisen. Så det är lika bra att du släpper mig och låter mig gå."

Jag försökte ge honom en chans att sluta innan det var för sent och få honom att förstå att jag inte var arg och inte skulle anmäla honom om han inte gjorde mer. Att jag gjorde så berättade jag inte för polisen.

Men han brydde sig inte om vad jag sa. Det var nog inte förrän då som jag började fatta att jag kanske inte skulle klara mig. Så det var på sätt och vis mitt eget fel att det gick så långt som det gjorde. Innan jag hade förstått att han menade allvar kämpade jag inte emot allt jag kunde, och sen var det för sent.

– Du försökte inte påkalla uppmärksamhet genom att ropa på hjälp när han grep tag i dig?

– Nej.

– Varför inte?

– För att jag inte trodde att det skulle bli som det blev sen.

– Du insåg inte situationens allvar?

– Nej.

Först skrek jag inte ens. Och jag har läst att lika gärna som ett skrik kan skrämma iväg en våldtäktsman, så kan det leda till att han försöker tysta sitt offer genom att ta till ännu grövre våld.

Och han blev arg och slog till mig när jag skrek. Men så länge vi var ute på gatan kunde jag ju ha försökt komma undan, för där hade han väl inte vågat slå ner mig. Men man börjar ju inte skrika och ropa på hjälp bara för att en person tar tag i ens arm. Och jag vet inte om det fanns folk där heller, som skulle ha hört det och brytt sig om det.

– Kan du erinra dig om några andra personer befann sig på gatan vid det här tillfället?

– Nej, jag vet inte.

– Du såg ingen som gick förbi eller uppehöll sig i närheten?

– Nej.

Jag vet att jag borde ha gjort mer motstånd så att han inte hade fått in mig på den där gården. När han tog tag i min arm borde jag ha slitit mig loss och gått därifrån. Men jag fattade inte vad han ville.

– Förstod du inte då att det var samlag han var ute efter?

– Nej, jag tänkte inte så.

– Hur var han i sitt uppträdande mot dig då?

– Jag vet inte... Han blev väl arg för att jag inte ville stanna och prata.

– Du fick ett intryck av att han var arg?

– Ja, eller irriterad.

– Och vad var det som gav dig det intrycket?

– Att han lät arg på rösten och tog tag i min arm när jag började gå.

– Men han uppträdde inte så hotfullt att du ansåg det påkallat att ropa på hjälp?

– Nej.

Mamma ringde och ville att vi skulle komma över på middag. Jag hade ingen lust, men Bernt tyckte att vi skulle åka eftersom vi inte har varit där på länge.

Jag ville inte därför att det kändes som att jag inte skulle orka med hennes prat. Varför pratar hon så mycket hela tiden? Om saker som hon har köpt och läst och hört och sett på teve. Hon mal på utan uppehåll och tror att alla ska vara intresserade och vilja lyssna.

Men jag vill inte. Om det hon sa var viktigt, eller om hon kunde lyssna själv ibland, skulle det kanske kännas annorlunda, men det gör hon aldrig. Jag vet att jag är lika självupptagen som hon just nu och bara ältar, men jag tvingar ingen annan att lyssna på det i alla fall. Och i vanliga fall lyssnar jag mest på andra. Det har jag alltid gjort. Men nu känner jag att jag börjar tröttna på att låta folk utnyttja mig. För det behöver ju inte vara just jag som lyssnar. Den som tycker om att prata pratar ju med alla.

Jag orkar inte lyssna på mamma hur länge som

helst. Ibland när jag ringer till henne brukar jag göra det en kvart före ett teveprogram som jag ska se, så att det inte ska bli så långvarigt om hon skulle börja breda ut sig.

Först frågar jag hur hon mår, för det tycker jag att man ska göra när man ringer, även om hon aldrig frågar mig om det. Jo, hon kanske frågar ibland, men det är inte för att hon vill veta hur jag har det som hon hör av sig. Och för det mesta börjar hon direkt med att prata om sig själv. Hon svarar på frågor som jag inte har ställt, och det känns så konstigt. "Jo, jag mår bara bra. Nej, annars har inget särskilt hänt." Hon kan ju lika gärna sätta sig och prata med en vägg om hon inte ens behöver att jag frågar innan hon svarar.

Varför är hon så självupptagen? Jag tänkte på det innan Bernt och jag åkte och bestämde att jag inte skulle lyssna på mer än jag ville, hur det nu skulle gå till. Enda sättet är nästan att gå ut eller låsa in sig på toaletten, för går man bara in i ett annat rum följer hon kanske med.

Men det blev inte som jag hade trott. Jag var ledsen och kände mig avvisande, och det märkte hon, och därför vände hon sig till Bernt nästan hela tiden istället. Mig ignorerade hon och behandlade som luft.

Jag skulle aldrig kunna berätta för mamma om våldtäktsförsöket. Hon skulle bara tycka att jag fick skylla mig själv och inte lyssna. Hon tror kanske inte att man drar till sig våldtäktsmän genom att vara sexigt och utmanande klädd eller genom att bete sig på ett visst sätt mot män man träffar, men hon tycker att man ska vara försiktig och undvika ensliga platser om man måste gå ut när det är mörkt och helst inte vara ute ensam. Så jag vet att hon skulle tycka att det var mitt eget fel.

Jag tror inte att polisen kommer att hitta den som
överföll mig. Inte bryr jag mig om det heller. För
om han åker fast blir det rättegång, och då måste
jag vara med på den, och det vet jag inte om jag vill.

Jag skulle inte ha anmält det om inte den där kil-
len hade kommit och hjälpt mig. Det var han som
ringde till polisen, och sen var jag ju tvungen att
fullfölja det. Men jag skulle inte ha anmält det själv.
Jag ville bara åka hem och glömma alltihop. Då
hade ingen behövt få veta det.

– Hej du. Vad har du råkat ut för då?

   – ...

  – Mår du inte bra? Behöver du hjälp?

  – Nej, jag...

  – Vad är det som har hänt?

   – ...

  – Är det nån som har bråkat med dig?

  – Ja, men det är inget att bry sig om.

  – Jomen det är det väl?

   – ...

Han undrade vad som hade hänt, men jag tänkte bara på väskan med pengarna och busskortet och nycklarna och frågade om han kunde följa med mig in på gården och hämta den.

Och han gjorde det. Mina kläder låg utspridda på marken, och gruset där vi hade stått var upprivet så att det syntes att några hade bråkat där, och när han såg det skämdes jag och kände mig dum.

Jag gick fram och tog upp väskan. När jag tänkte ta kappan också sa han att det nog var bäst att låta resten ligga tills polisen hade varit där. Jag hade inte tänkt på polisen, men då fattade jag att jag inte bara kunde ta kläderna och åka hem.

Han hjälpte mig ut på gatan och in på Lucullus, och där ringde han. Jag fick sitta på en stol i kapprummet och vänta tills polisen kom. Det var fullt med folk där, men ingen brydde sig om mig, utom en servitris som kom fram och försökte prata med mig.

– Nej.

– Du vill inte ha nånting?

– Nej, det är bra.

– Säkert?

– Ja.

– Ja, jag ska inte bråka med dig. Snart är polisen här, så får du prata med dom istället.

Jag ville bara försvinna. Jag skämdes över hur jag såg ut och för att jag inte hade några långbyxor på mig. Ankelsockorna såg så fåniga ut till koftan. Det hade varit bättre om jag hade varit barfota, för då hade det inte märkts så mycket att byxorna fattades. Men jag vågade inte ta av mig strumporna.

Och polisen kom.

– Hejsan. Vad är det som har hänt här då?

– …

– Det är nån som har hoppat på henne och försökt våldta henne.

– Stämmer det? Kan du bekräfta att det förhåller sig som det sägs här nu?

– …

– Kan du berätta vad det är som har hänt?

– …

– Hon är nog chockad.

– Mm. Men hon har uppgett att hon har blivit utsatt för ett våldtäktsförsök?

– Ja, hon sa nånting ditåt. Och med tanke på hur lite

kläder hon har på sig så stämmer det nog.

– Mm. Det var alltså du som påträffade henne och tog med henne hit?

– Ja.

– Hur mycket var klockan då?

– Runt halv tolv.

– Och var befann hon sig när du först fick syn på henne?

– En bit uppåt gatan här. Hon var alldeles apatisk.

– Mm. Och du såg ingen annan i närheten?

– Nej, ingen som jag tänkte på.

– Nej okej. … Kan du berätta nu vad det är som har hänt?

– …

– Hon är nog chockad.

– Mm. …Vad heter du? Kan du tala om för mig vad du heter?

– …

– Är det nån som har varit otrevlig mot dig?

– Ja.

– Vem då?

– Det vet jag inte.

– Det var ingen du kände då? Ingen som du är bekant med sen tidigare eller har sett förut?

– Nej.

– Och du har inte tillfogats allvarlig kroppsskada, så att du behöver komma till sjukhus?

– Nej.

– Ja, då ska du snart få följa med oss här.

Det var nog inte förrän då jag fattade hur allvarligt alla tyckte att det var och att jag var tvungen att hjälpa till.

När vi skulle åka och kom ut på gatan hade det samlats folk där, som vi var tvungna att gå förbi. Den ena polisen öppnade dörren till polisbilen baksäte och lät mig sätta mig där innan han klev in själv bredvid mig, och den andra satte sig bakom ratten och börja prata i radion. Jag trodde att jag kunde slappna av då och försökte lägga mig ner på sätet, men det fick jag inte, för först måste jag lämna ett signalement på gärningsmannen så att en efterlysning skulle kunna skickas ut.

Det kändes så främmande att sitta där, i en polisbil på väg till en polisstation mitt i natten. Jag hade ju ingenting med det hårda nattlivet på gatorna att göra och skulle ha legat hemma och sovit istället.

Poliserna försökte få mig att slappna av genom att prata om annat – den som satt bredvid mig frågade lite om filmen som jag hade varit på – och jag svarade så gott jag kunde, men jag ville inte sitta och låtsas som att allt var som vanligt när det inte var det. Jag var inte medveten om det då, men när jag tänker på det nu blir jag ledsen. Jag ville ju veta vad jag kände. Varför fick jag inte göra det? Varför blev jag hindrad? Poliserna skulle ha hjälpt mig att känna istället för att försöka distrahera mig.

Jag orkar inte med mammas telefonsamtal. Hon ringer ju inte för att hon är intresserad av *mig*, och har hon inget nytt att säga drar hon bara samma gamla struntsaker som gången innan. Jag fattar inte vad hon vill. Det kryper i hela kroppen på mig, och jag får tvinga mig själv att lyssna.

Hon bara pratar. Varför kan hon inte ge sig tid att lyssna lite också? Det känns som att hon inte bryr sig om mig när hon aldrig frågar mig om mig och mitt. Hon väntar sig kanske att jag ska berätta det av mig själv, som hon gör, men jag känner inget förtroende för henne och vet att hon inte skulle vara intresserad, så jag försöker inte ens.

Hon är min mamma, men ibland känns det som att jag avskyr henne för att hon alltid tar upp så mycket plats med sitt prat. Hon tänker bara på sig själv och lämnar inget utrymme åt andra. Senast jag var hem till henne hade jag en nybakad sockerkaka med mig, men hon inte ens tackade när jag gav henne den. Och när vi drack kaffe sa hon ingenting om hur den smakade heller. Jag menar inte att det är för mycket att jag tar med mig en kaka när jag kommer, men hon kunde väl visa att hon märker det i alla fall?

Det enda rätta vore att sluta träffa henne. Varför ska jag vara snäll mot henne när inte hon är snäll mot mig? Jag vet inte varför jag inte säger ifrån. Jag känner mig ju bara utnyttjad när jag tvingar mig själv att lyssna på henne.

Jag fick inte veta vad jag kände. Det blev instängt, och nu går det inte att få fram. Jag känner mig bara spänd och irriterad. Jag försöker att inte visa det för Bernt, men jag vet att han märker det ändå.

Det tog bara några minuter att åka till polisstationen. När vi kom fram frågade den ena polisen om jag ville ringa hem och tala om var jag var. Jag hade inte tänkt på Bernt, men då tänkte jag att han säkert låg och sov, och att det inte skulle dröja så länge förrän jag fick åka hem och att det var onödigt att ringa och väcka honom. Och jag var rädd att han skulle känna sig tvungen att komma dit om han fick veta var jag var, och det ville jag inte.

Jag fick sätta mig på en stol framför ett skrivbord, och på den andra sidan satte sig polisen från baksätet och började skriva en anmälan. Han tog fram en blankett som han började fylla i.

– Då börjar vi med ditt namn. Vad heter du?
– Susanne Holmkvist.
– Har du flera förnamn?

Det kändes som att jag höll på att kvävas. Mitt hjärta slog så hårt att det susade i öronen. Det var ansträngande att hålla sig uppe och inte få slappna av och känna. Men det fanns ingen tid till det. Eller om ingen trodde att jag behövde det, eftersom jag verkade så lugn. Det kändes som att alla tyckte att det enda viktiga var att jag så fort som möjligt berättade vad som hade hänt. Och det ville ju jag också, men det skulle ha känts bättre om jag hade fått vila lite först.

Jag frågade om det var tillåtet att röka, och då fick jag en askkopp. När jag tände cigaretten såg jag att jag hade blod på fingrarna. Jag visste inte varifrån det hade kommit, och det kändes äckligt att ha det på mig. Men jag fick inte tvätta bort det. Jag såg ett tvättställ i ett hörn och reste mig för att gå dit, men polisen hejdade mig.

vända som bevis mot en eventuell...

– Ja, jag tänkte inte på det.

– Det är okej. Och efter undersökningen ska du få titta på några foton medan du fortfarande har hans utseende i färskt minne.

– Ja.

– Ska vi fortsätta då?

Och så fick jag berätta vad som hade hänt. Men det blev så rörigt, för när jag hade sagt en sak, och han hade skrivit ner det, kom jag på annat som hade hänt innan.

– Han tryckte upp mig mot en vägg och försökte dra upp min tröja. Nej, först knäppte han upp kappan. Men det var en lampa där, så han knuffade in mig där det var mörkare och tryckte upp mig mot en annan vägg. Det var då han drog upp tröjan och tog fram... Först tryckte han mig mot väggen med kroppen och sen...

Och jag kunde inte låta bli att tänka på hur det kändes för honom att höra mig berätta det. Han kanske också tyckte att det var obehagligt. Han var ganska ung och verkade generad och nästan ursäktande ibland, som att han skämdes för det han gjorde. Jag tyckte synd om honom, men det fanns inget jag kunde göra åt det, för det var ju hans jobb att fråga ut mig.

– Och vad hände sen?

– Han slet av mig trosorna.

– Beskriv hur han gjorde.

– Han satte båda händerna innanför resåren upptill och ryckte till så att tyget gick sönder och ramlade av.

– Och vad gjorde han sen?

– Han drog ner blixtlåset i gylfen.

– Ja, och vidare?

– … tog han fram…

– Sin manslem?

– Ja.

– Vad gjorde du då?

– Jag skrek.

– Ropade du på hjälp eller var det bara ett skrik utan ord?

– Bara ett skrik.

– Och hur reagerade han på det?

– Han blev arg och slog till mig.

– Var då? Var träffade slaget?

– I ansiktet.

Jag kände mig smutsig i ansiktet och tyckte att jag luktade illa. Jag ville gå och tvätta mig, men jag visste att det inte var tillåtet och försökte låta bli att tänka på det.

Sen kom en läkare dit och undersökte mig. Jag kände mig skyldig för att han hade blivit väckt och ditkallad mitt i natten på grund av mig. Han såg så trött ut och var rufsig i håret, som att han inte hade gett sig tid att kamma sig innan han åkte.

Jag hade bara fått några blåmärken och skrubbsår och var inte allvarligt skadad, men man blir undersökt ändå, för att det ska kunna skrivas ett läkarutlåtande. Det behövs som bevis. Jag fick stå under en stark lampa medan han gjorde undersökningen.

– Har du ont nånstans?

– Jag vet inte…

– Jag förstår att du känner dig mörbultad, men utöver det?

– Nej, bara att det är lite ömt här i bakhuvudet.

– Ja, här har du en kontusion.

– Och så gör det ont när jag sväljer.

– Vill du vara snäll och gapa. Tack, det är bra. Har du fått nånting infört i munnen?

– Nej.

– Då får jag be dig att ta av dig kläderna.

En kvinnlig polis var med hela tiden. Ibland görs det en gynekologisk undersökning också, men det behövs väl bara om det är en fullbordad våldtäkt. Då letar man efter skador i underlivet och tar prover för att hitta rester av sperma. Ibland fotograferas skadorna, men ingen fotograferade mig. Läkaren beskrev det han såg med ord istället och spelade in det på ett band.

– *Ögonens bindehinnor bleka... pupillerna medelvida och lika stora... inga blödningar... i munhålan och näshålorna finns inget främmande innehåll... på bakhuvudet en mindre kontusion orsakad av yttre trubbigt våld... på vänster kind strax under ögat en valnötsstor blåaktig svullnad... på halsen lätta rodnader... över båda axlarna ner mot nyckelbenen linjära cirka 6 centimeter långa och 1 centimeter breda underhudsblödningar... på vänstra bröstet en cirka 2x2 cm stor underhudsblödning... på de övre extremiteterna områden med fläckvisa överhudsavskrapningar och underhudsblödningar... på båda överarmarnas insidor sammanhängande hematom, cirka 5x6 cm stora... på högra handen en del blod på långfingret och handryggen... på kroppens baksida över höfterna med utbredning ner över skinkorna ett stor område med överhudsavskrapningar och blåmärken... på de nedre extremiteterna diverse repor, skrubbsår och blånader... på högra lårets utsida ett cirka 6x8 cm stort hematom... på båda lårens insidor fläckar av intorkat blod samt ett antal punktformade blåmärken cirka 1,5 cm i diameter...*

Annars vet jag inte vad han gjorde. Jag vet inte om han hittade några spår eller om han tog några prover. Jag vet inte i vilken sorts rum vi var, och jag vet inte hur länge vi var där. Det enda jag kommer ihåg är att jag stod under en stark lampa medan han undersökte mig.

När undersökningen var klar och jag hade klätt

på mig igen fick jag gå på toaletten. Av säkerhets-
skäl fick jag inte låsa dörren om mig.

Det sved när jag kissade. Jag ville inte titta på
mig själv i spegeln. Jag tvättade händerna och an-
siktet. Jag kände mig överansträngd och alldeles
darrig, men jag ville vara kvar på polisstationen så
länge som möjligt, för sen skulle jag vara ensam och
inte kunna prata om det mer. Hos polisen fick jag
berätta, och jag fick hjälp med att gå igenom det in
i minsta detalj, men sen fanns det ingen som jag
skulle kunna berätta det för. Jag tänkte inte på det,
men jag kände på mig hur det skulle bli, och det var
därför jag inte ville åka hem.

När jag kom tillbaka ut i det första rummet fick
jag sätta mig vid ett bord och titta på foton av
brottslingar. En polis bar fram tjocka album till mig
som jag skulle gå igenom. Jag trodde att jag skulle
känna igen honom om jag fick se honom igen, men
han fanns inte med.

Det var första gången jag var inne på en polissta-
tion. Folk kom och gick hela tiden. Poliser och grip-
na, brottsoffer och fyllon. Jag försökte koncentrera
mig på fotona, men det som hände runt omkring
distraherade mig, och det kändes som att alla tit-
tade på mig. Jag tänkte att poliserna som kom in
säkert visste vad som hade hänt ute på stan, och
förstod att det var jag som hade råkat ut för killen
som efterlystes i radiobilarna, och var medvetna
om att jag satt där utan trosor. Jag hade ingenting

på benen heller, och inga skor, och jag var smutsig och ful. När jag tänker på det skäms jag, fast jag vet att jag inte kunde rå för det.

Till slut fick jag berätta alltihop en gång till för en annan, civilklädd polis som var kriminalinspektör och ganska mycket äldre än den första. Han förde bort mig från skrivbordet där jag hade suttit med albumen och in i ett annat rum. När han märkte att jag tittade mot den stängda dörren sa han:

"Om det är så att du hellre vill att vi lämnar dörren öppen så kan vi göra det, men jag tänkte att det skulle kännas bättre för dig om vi får prata ostört."

"Ja, det är bra så här", sa jag.

Men det var det inte, för jag var så medveten om att han var man, och att jag var ensam med honom där inne.

– Jag vet att du redan har berättat det en gång, men det är viktigt, förstår du, att vi får fram en så klar bild som möjligt av det inträffade.

– Ja.

– Du kommer alltså gående på Vaksalagatan i riktning mot Vaksala torg när du passerar en mansperson som har fattat posto i gathörnet vid Storgatan utanför elaffären?

– Ja.

– Kan du då vara snäll att så exakt som möjligt redogöra för det fortsatta händelseförloppet.

– Ja, och när jag hade gått en bit hörde jag steg bakom

mig och en röst som sa: "Vänta ett tag!"

– Och vad gör du då?

– Jag vänder mig om.

– Stannar du till, eller fortsätter du att gå?

– Jag fortsätter att gå. Men då kom han ifatt mig och frågade om jag visste hur mycket klockan var.

– Och då stannade du?

– Ja, och tittade på klockan. Men så fort jag hade sagt hur mycket den var började jag gå igen.

– Och hur mycket var den? Kommer du ihåg det?

– Ja, halv elva ungefär.

– Cirka 22.30.

– Ja.

– Och vad händer sen?

– Han började gå bredvid mig.

– Och?

– Jag vet inte… Jag ökade takten, tror jag.

– Du börjar gå fortare.

– Ja, och då sa han: "Du behöver väl inte ha så bråttom. Du kan väl stanna och snacka ett tag?" Men det ville inte jag, och då blev han arg och tog tag i min arm.

– På vilket sätt visade du att du inte var intresserad?

– Jag sa det." Vi har väl inget att prata om", sa jag.

– Och då grep han tag i din arm?

– Ja, och sa en gång till att han ville det.

– Ville snacka med dig?

– Ja. Och så knuffade han in mig på den där gården.

Jag förstod inte riktigt varför genomgången behöv-

de vara så detaljerad, men jag svarade så gott jag
kunde på allt han frågade.

*– Han håller fast dig med den ena handen och knäpper
upp kappan med den andra?*

– Ja. Och så tryckte han mig mot väggen med kroppen.

*– Säger han nånting i samband med att han gör det
här?*

– Nej.

– I vilket sinnestillstånd verkar han befinna sig då?

– Jag vet inte...

– Skulle du vilja säga att han intog en hotfull attityd?

– Nej, inte då. Han verkade mest... beslutsam.

– Beslutsam.

– Ja.

– Och vad hände sen?

– Sen drog han upp min tröja.

– Beskriv hur han gjorde.

*– Han drog upp den genom urringningen på koftan.
Den går ju ner så här över hela...*

– Ja, jag förstår. Och sen?

*– Tog han fram ett bröst ur behån och böjde sig ner
och kysste det.*

Jag kan inte dölja längre att jag inte njuter när Bernt ligger med mig. Jag vill inte låta honom göra det mer. Enda skillnaden mot en våldtäkt är att jag inte gör motstånd. Han behöver inte tvinga sig på mig med våld. Men om jag sa ifrån skulle han kanske göra det? Han är kanske ute efter samma sak som den där killen var, fast det inte märks därför att jag inte protesterar? Det han vill ha, har kanske ingenting med mig att göra, och det är kanske därför jag inte kan visa gensvar.

Om jag hade gått med på att ligga med den där killen istället för att göra motstånd skulle det kanske ha känts ungefär likadant som det gör när jag ligger med Bernt. Så varför gjorde jag motstånd? Om jag inte hade gjort det skulle jag ha sluppit bli slagen, och att låta honom ha sex med mig skulle kanske inte ha varit så farligt. Jag borde kanske ha gjort som Egon sa en gång: "Om en tjej håller på att bli våldtagen kan hon lika gärna lägga sig ner och njuta medan det pågår."

Om jag sa nej till Bernt skulle han väl inte slå mig,

men det skulle säkert bli slut mellan oss. Och hur skulle jag förklara det? Jag kan ju inte säga att han är som en våldtäktsman och att det är därför jag inte vill ligga med honom. Jag kan inte bevisa att det är honom det är fel på. Det troligaste är att det är jag som är frigid. Det skulle i alla fall han säga, om jag sa att jag inte känner så mycket när vi har sex.

Jag har gjort det nu. Jag har sagt nej till Bernt. När han ville ligga med mig sa jag att jag inte ville. Förut ibland när jag har velat slippa har jag skyllt på trötthet och huvudvärk, men nu sa jag rent ut att jag inte hade lust. Jag tänkte att jag lika gärna kunde utnyttja situationen och skylla på våldtäktsförsöket, fast jag vet att det inte har med det att göra egentligen. Inte på det sättet i alla fall. När han frågade varför sa jag:

"Jag är väl frigid."

Jag kunde inte säga att jag misstänker att det beror på honom, för det kan ju inte vara bara hans fel, och jag vet inte än vad det är hos mig som gör det. Men jag vet att det bara är att få ligga med mig han tycker är viktigt och inte hur det känns. Det enda han bryr sig om är att få sitt sexuella behov tillfredsställt, och det tycker han att jag är skyldig att hjälpa honom med.

När jag tänker på alla som inte ser och respekterar mig känns det som att jag inte vill vara med om det mer. Jag vill inte låta det hända fler gånger. Det är man själv som måste säga ifrån och visa att man inte finner sig i det.

Det finns både fysisk och psykisk våldtäkt, men den psykiska tänker man sällan på, fast den säkert är mycket vanligare än den fysiska. Inte är den straffbar heller. Förresten hänger det ihop. Om man har dålig självkänsla tycker man inte att man är värd så mycket och försvarar sig sämre fysiskt också, om man blir angripen. För det är ju sig själv och inte bara sin kropp man försöker försvara.

Man ska inte skilja på kropp och själ, men för att skydda sig själv kanske man gör det. Antingen kopplar man bort själen och koncentrerar sig på det som känns i kroppen, eller också gör man tvärtom. Och det gör man för att slippa inse att man inte får allt man behöver. Upplevde man helheten skulle man kanske bli tvungen att erkänna att man är helt ensam, och det vill man inte.

Så fort jag är ensam tänker jag på det. Jag går igenom det i tankarna och försöker få ordning på det. Det känns som att jag inte har fått grepp om det än och måste upprepa det tills det klarnar.

Jag hade varit på bio, på sista föreställningen, och när jag var på väg till bussen efteråt träffade jag honom. Jag gick på Vaksalagatan, ner under järnvägsviadukten och uppför backen, och i hörnet av Storgatan fick jag se en kille stå och röka. Det kändes lite obehagligt att behöva gå förbi honom, för killar slänger ju ofta ur sig en kommentar när man passerar, men jag ville inte vara feg heller, så jag fortsatte.

Och han sa ingenting. Men när jag hade gått förbi honom kom han efter och tog tag i min arm och frågade hur mycket klockan var. Ja, och jag stannade och sa det och började gå igen. Då följde han med.

– På vilken sida om dig gick han i förhållande till gatan?
– På vänster sida närmast trottoarkanten.
– Till vänster om dig. Säger han nånting i samband

med att han börjar gå bredvid dig eller är han tyst?

– Han var tyst.

– Och vad tänkte du? Vad drog du för slutsatser av hans uppträdande?

Först tänkte jag att han gjorde det för att han skulle åt samma håll som jag, men sen fattade jag att han ville ha sällskap. Och jag var så dum, för då började jag tänka på hur han såg ut och hur han verkade vara, ungefär som man gör när man är ute och dansar och blir uppbjuden. Man känner liksom efter om killen gör ett positivt eller negativt intryck. Samtidigt som jag bedömde honom började jag gå fortare och försökte verka ointresserad. Då sa han:

"Du behöver väl inte ha så bråttom? Du kan väl stanna och snacka ett tag?"

"Vi har väl inget att snacka om", sa jag, och jag lät kanske snorkig, för då högg han tag i min arm och höll fast den så att jag blev tvungen att stanna igen.

"Jag vill snacka med dig!" sa han och föste in mig mot väggen.

– Föste?

– Ja, eller knuffade. Jag stretade emot och försökte rycka mig loss men han bara...

– Du satte dig till motvärn?

– Ja, men han släppte inte.

Han knuffade in mig i en portgång och ställde sig i vägen så att jag inte kunde ta mig ut på gatan igen. Jag höll mig fast i den stängda halvan av en järngrind som fanns där, för jag ville ju inte gå in dit med honom. Han försökte slita loss mina händer, och när inte det gick stack han ner ena handen i jackfickan och sköt ut tyget mot mig och sa:

"Jag har pistol!"

Men det trodde jag inte på, för varför skulle han gå omkring med en pistol på sig? Jag trodde att han höll ut jackan med ett finger.

– Han riktar ett föremål som han håller dolt under jackan mot dig och försöker göra gällande att han har ett skjutvapen?

– Ja.

– Och hur reagerade du på det?

– Jag blev rädd.

– Men du såg aldrig vapnet?

– Nej.

Jag sa till polisen att jag blev rädd, men det blev jag inte.

"Vi ska in här!" sa han och stötte till mig så att jag tappade taget om grinden.

"Varför det?" sa jag.

"Därför att jag säger det!"

Sen knuffade han in mig på gården och tryckte upp mig mot en vägg och knäppte upp min kappa och drog upp min tröja. Jag kände mig alldeles handfallen och fattade inte vad det var som hände. Jag reagerade så långsamt. Men till slut, när han hade fått ner mina långbyxor, försökte jag säga ifrån.

– Han drog av dig långbyxorna?

– Nej, inte drog. Han knäppte upp knappen i midjan och drog ner blixtlåset och då åkte dom ner av sig själva.

– Byxorna åkte ner?

– Ja, till fötterna. Först lät jag dom ligga där, men sen klev jag ur dom så att jag skulle kunna springa iväg om jag fick tillfälle.

– Jag förstår. Och sen?

– Jag vet inte. Jag kommer inte ihåg.

– Ta det lugnt. Vi har ingen brådska. Du hade alltså klivit ur långbyxorna?

– Ja, och skorna.

– Du hade tagit av dig skorna också?

– Ja, för annars skulle jag inte ha fått av mig långbyx-orna.

– Nej. Och vad hände sen?

– Sen försökte han dra ner mina trosor. Då skrek jag, och han blev arg och slog till mig i ansiktet. Sen tog han struptag på mig.

– Kan du beskriva hur han höll händerna?

– Ja, med en hand på varje sida om halsen.

– Med tummarna på framsidan över strupen?

– Ja.

– Var det ett hårt grepp, eller…?

– Nej, han höll bara i.

– Han klämde inte åt så att du fick svårt att andas?

– Nej.

– Det gjorde han inte. Säger han nånting i samband med att han kopplar det här greppet på dig?

– Ja. "Skriker du en gång till så dödar jag dig!" sa han.

Han dunkade mitt huvud mot väggen. Då fattade jag att han menade allvar. Jag hade inte förstått det riktigt innan, men då insåg jag att han kanske inte skulle låta mig gå förrän han hade fått sin vilja igenom. Jag började prata med honom och sa allt möjligt som jag trodde skulle kunna få honom att ändra sig.

Men han lyssnade inte. Han försökte bända isär mina ben och få ner mina trosor, och han var så stark, och det var så ansträngande att kämpa emot, så till slut skulle jag inte orka längre, visste jag. Det var nog då jag föreslog att jag skulle onanera åt honom.

– Du föreslog att du skulle försöka ge honom utlösning med hjälp av handen?

– Ja, för jag tänkte att om det gick… om han fick utlösning så skulle han kanske nöja sig med det och låta mig vara.

– Och hur mottog han ditt förslag?

– "Ja, gör det då, för fan!" sa han.

– Och vad hände?

– Jag försökte, men han hade nästan inget stånd och jag blev så trött i armen.

Jag vet inte hur länge jag höll på. Till slut orkade jag inte längre och släppte. För jag märkte att det inte skulle lyckas. Men han hade blivit upphetsad av det, fast det inte märktes, och slet av mig trosorna. Sen försökte han få in den.

– Kan du beskriva lite närmare hur han gick tillväga.

– Ja, först stack han in fingrarna. Jag höll ihop benen, men han satte dit en hand och stack in…

– Han stack in fingrarna i slidan?

– Ja.

– Var det två eller flera fingrar?

– Två, tror jag. Jag slet och drog i hans hand för att få bort den, men det gick inte, och han ställde sig närmare och försökte sätta dit… försökte byta ut fingrarna mot…

– Sin penis?

– Ja, och jag… "Du får inte!" sa jag. "Jo, den ska in!" sa han.

– Sa han exakt så?

– Ja.

– För det är viktigt, förstår du, med tanke på hans uppsåt.

– Han sa så.

– Okej.

DEL TRE

Nu har polisen hittat en kille som kan vara den som överföll mig. En polis ringde och berättade det och bad mig komma till polisstationen för att delta i en vittneskonfrontation. Jag ska åka dit idag efter jobbet. Om det är han är jag nästan säker på att jag kommer att känna igen honom, för jag såg honom tydligt. Men vad händer om han inte erkänner? Släpps han då, eller räcker det med att jag säger att det är han?

Om det blir rättegång måste jag vara med på den. Det vill jag inte. Jag kommer kanske inte ens att få några frågor utan vara tvungen att berätta alltihop själv, och det klarar jag inte. Om det är flera som lyssnar samtidigt kan jag inte berätta.

Jag hoppas att det inte är han. Men om det skulle vara det, kommer han att se mig på rättegången. Han var spritpåverkad när det hände och minns kanske inte hur jag såg ut, och när han får se mig igen tänker han kanske: Hur fan kunde jag gå på den där fula bruden?

Varför tänker jag så när jag inte menar det? Jag

bryr mig ju inte om vad han tänker om mig. Det är väl i så fall jag som ska tycka att *han* är ful och äcklig. Det är väl han som ska vara rädd för vad *jag* ska tycka om *honom* och inte tvärtom!

Men jag kan inte känna att det är så. Och alla andra kommer kanske också att tänka: Varför valde han inte en snyggare tjej när han ändå höll på? Jag vet att jag inte är ful, och jag vet att jag inte bryr mig om vad andra tycker om mitt utseende, så varför tänker jag så? Vad är de för fel på mig? Varför är jag så knäpp?

Två poliser följde med mig in i ett mörkt rum där det fanns ett stort fönster på ena väggen. Genom fönstret såg man in i ett annat rum där sju killar stod uppställda på rad under en stark lampa.

– Då kan du gå fram till spegeln och se om du känner igen nån av personerna i rummet här intill. Ta det bara lugnt och kom ihåg att ingen på den andra sidan glasrutan kan se dig.
– Ja, jag…
– Ta god tid på dig och titta noga på var och en.
– Ja, men jag vet redan att det är nummer tre.
– Nummer tre? Honom känner du igen?
– Ja, det var han som gjorde det.
– Det var nummer tre som angrep dig?
– Ja.
– Och det är du helt säker på?
– Ja.

Jag såg honom på en gång. Han hade andra kläder och lite längre hår, och han var mycket kraftigare än jag mindes honom, men jag kände igen honom så fort jag fick se honom. Jag vet inte vad jag kände. Ingenting, tror jag.

När jag hade pekat ut honom fick jag gå på en gång. Det kändes som att det hade gått för fort, men det fanns ju inget mer jag behövde göra. På vägen ut frågade jag hur polisen hade lyckats få fast honom, och då fick jag veta att han hade blivit gripen efter ett nytt våldtäktsförsök.

Jag hade inte tänkt på att det kunde vara flera. Jag trodde att jag var den enda, och när jag fattade att jag inte var det kände jag mig nästan besviken. Jag kan ju inte vara riktigt klok! Varför känner och reagerar jag så konstigt? Vad är det för fel på mig?

Jag avskyr mig själv för att jag är så knäpp. Det han gjorde var lagom åt mig. Han kunde lika gärna ha lyckats våldta mig, så hade jag kanske fattat. Först misshandlat och sen våldtagit, så att jag hade fått känna på ordentligt.

Innerst inne *ville* jag kanske ligga med honom? Jag kanske vill det med vem som helst som verkar intresserad av mig? Jag blir kanske så smickrad att jag inte kan säga nej? Att jag gjorde motstånd berodde kanske bara på att jag inte vågade erkänna det?

Och Bernt tror ju att jag var med på det. När jag kom hem från polisen sa han:

"Nå, hade dom fått tag på rätt tjur?"

Ungefär som att en våldtäktsman skulle vara en

sorts sexualatlet som jag skulle gilla och som han skulle känna sig hotad av. Men den där killen fick ju inte stånd ens när jag försökte hetsa upp honom. Jag gjorde kanske fel. Jag visste inte hur hårt jag skulle hålla och hur fort jag skulle dra, för jag hade aldrig gjort det förut. Och när det inte lyckades ångrade jag att jag hade försökt. Men jag trodde att han var upphetsad redan innan, och att det skulle gå fort och lätt och att han skulle låta mig vara sen.

I onsdags när jag var sjuk och hemma från jobbet ringde det på dörren. Jag hade feber och låg till sängs, och jag tänkte inte öppna, men jag undrade vem det var och gick upp och kikade ut genom titt-ögat i dörren. När jag såg att det var Göran som stod där, blev jag så förvånad att jag låste upp och öppnade innan jag hann tänka mig för. Jag hade bara min fula morgonrock på mig, och håret häng-de i feta stripor – jag hade inte orkat tvätta det och inte mig själv heller så noga medan jag var sjuk – och det var jag tvungen att låta honom se.

Han ville veta hur jag mådde, sa han. Han visste att jag var ensam hemma, för när jag ringde till job-bet och sjukanmälde mig var det han som svarade och då råkade jag nämna att Bernt är på kurs. Men varför kom han hem till mig?

Han frågade om han fick komma in, och så följde han med mig in i vardagsrummet och satte sig i sof-fan. Det var konstigt att han gjorde det så självklart och obesvärat. Jag kunde liksom inte fatta att det var han som satt där, hemma hos oss, i soffan i mitt och Bernts vardagsrum.

Efter en stund reste han sig och gick bort till bokhyllan och lyfte på fotografiet av Bernt.

"Är det här din kille?" sa han.

Jag kunde bara nicka, och han tittade på mig och sa:

"Kan du svara mig sanningsenligt på en fråga?"

Han såg så allvarlig ut att jag nästan blev nervös.

"Ja, vadå?" sa jag.

"Slår han dig?"

Jag och kunde inte låta bli att skratta.

"Nej, det gör han inte", sa jag. "Varför frågar du det?"

"Jag kanske inte tror på sagoböcker."

Först fattade jag inte, men sen förstod jag att han menade att han inte trodde på att jag hade fått blåmärket i ansiktet av en bok som hade ramlat ner från en hylla. Han hade ju sett att jag hade blåmärken på andra ställen också, sa han.

Då gick jag och hämtade det första tidningsurklippet och lät honom läsa det. Han satt i soffan och läste, och jag stod vid bokhyllan och var så nervös att jag darrade. Jag hörde mina hjärtslag i öronen, och jag kunde nästan inte andas.

När han såg upp vågade jag inte titta på honom.

– Var det du som råkade ut för det här?

– Ja.

– Men varför har du inte berättat?

Han ställde några frågor, men han visade inte vad han kände, och jag vet inte vad han tänkte.

Det vet jag fortfarande inte. Han tyckte kanske synd om mig, för när han skulle gå omfamnade han mig. Jag önskar att jag hade vågat öppna mig då och ta emot hans tröst, men det enda jag kunde tänka på var att jag inte var ren och kanske luktade illa och att han skulle känna det och tycka att jag var äcklig.

När han hade gått grät jag.

Jag vet fortfarande inte varför han kom. Han kanske misstänkte att jag var hemma för att Bernt hade misshandlat mig så mycket att jag inte kunde visa mig på jobbet och kom för att se om det stämde eller inte. Annars förstår jag inte.

Nu vet han i alla fall sanningen, och jag ångrar inte att jag berättade den för honom, för när jag tänker efter så är nog han den enda av mina bekanta som jag känner förtroende för.

Jag har slutat röka. Jag har inte rökt en enda cigarett på elva dagar, och så länge har jag aldrig lyckats hålla upp förut. Det var när jag var sjuk som jag bestämde mig för att försöka sluta.

Det värsta är att jag har blivit så lättirriterad och grinig. Jag snäser åt Bernt och känner mig gråtfärdig för minsta lilla sak.

Igår kväll när jag låg i badkaret och såg min nakna kropp i vattnet, kändes det som att jag tyckte synd om den och ville skydda den. Hjälp mig, tänkte jag. Mamma, varför kommer du inte och hjälper mig? Jag grät och ropade på mamma. Samtidigt som jag ropade – eller kände att jag ropade, för jag gjorde det inte högt – visste jag att det inte skulle hjälpa. Hon skulle inte komma. Det var ingen idé att försöka.

Först trodde jag att jag var ledsen för att jag hade blivit överfallen, men egentligen var det att ingen hjälpte mig – eller att *mamma* aldrig har hjälpt mig – som kändes så outhärdligt. Jag vet inte riktigt hur det kunde bli så. Jag blev kanske påmind om det när jag behövde hjälp mot den där killen men inte fick det. Jag ropade inte på hjälp heller, eftersom jag trodde att ingen skulle bry sig om det. Och när jag bara skrek kom det ingen, precis som inte mamma kom när jag var liten.

Äh, jag vet inte. Jag tänkte på Göran också, och på vad jag tror att han skulle ha gjort om han hade varit där. Han skulle ha hjälpt mig och tröstat mig och sett till så att den där killen hade fått sitt straff. Det är så det känns. Men mamma skulle inte ha hjälpt mig och inte Bernt heller.

Jag fick skjuts av Göran igen. När vi åkte på Vaksa-
lagatan och kom förbi porten till nummer 25 fick
jag för mig att jag skulle gå in dit och titta. Jag frå-
gade Göran om han ville följa med. Jag fick hjärt-
klappning och blev alldeles darrig i benen, och när
vi kom in på gården mådde jag illa och trodde näs-
tan att jag skulle svimma.

Och plötsligt mindes jag. Plötsligt visste jag att
det inte slutade som jag har trott. Det var inte som
jag trodde, att jag kom undan, utan han fick tag i
mig igen och slängde omkull mig på marken och
våldtog mig.

Det var som att en avgrund öppnade sig när min-
net kom tillbaka. Jag blev alldeles stel och slog hän-
derna för ansiktet. Göran kom närmare och frågade
vad det var, men jag kunde inte svara.

"Kom här", sa han lågt, och när jag hörde hans
tonfall ilade det till i min mage. Jag gick in i hans
famn och lät honom hålla om mig, och han försökte
lugna och trösta mig, men jag var alldeles stel och
kunde inte ta emot det. När vi satt i bilen igen frå-

gade han om jag ville prata om det, men jag kunde inte, och han körde mig hem.

Och jag gick in till Bernt, som undrade varför jag kom så sent och slängde ur sig att jag kanske hade varit ute och blivit antastad igen, och jag orkade inte, jag orkade inte svara eller bry mig om vad han sa och ville bara att han skulle försvinna.

Men han gick efter mig in i badrummet och köket och sovrummet och malde på hela tiden om vad han trodde att jag hade haft för mig. Jag lyssnade inte, men jag hörde ändå, och allting var slut, slut, och han kom inte åt mig, och därför gjorde han det enda som han trodde skulle fungera, men det fungerade inte heller, för jag tänkte på Göran hela tiden, och en eller två gånger spelar väl ingen större roll, tänkte jag.

Nej, han våldtog mig inte, men det var näst intill. Han visste att jag inte ville, men jag sa inte nej och jag kämpade inte emot, så jag får skylla mig själv.

På kvällen när jag hade gått och lagt mig kunde jag inte somna. Jag låg och tänkte på allt som hände den där natten och kunde inte koppla av. Det var som att ligga och titta på en film, för jag såg det utifrån hela tiden, som att det inte var mig det gällde.

Jag tror inte att jag har fattat det riktigt än. Inte med känslan. För det är en sak att komma ihåg vad som hände och en annan att känna hur det var. Det dyker upp bilder, och jag kommer ihåg röster och ord, men jag känner ingenting.

Nu måste jag gå till polisen och berätta att det var en fullbordad våldtäkt. Om den där killen har erkänt måste ju poliserna undra varför jag inte har sagt som det var. Jag måste gå dit i vilket fall, för berättar jag inte sanningen kommer jag att trassla in mig när jag ska berätta på rättegången vad det var som hände. Jag vill inte att han ska bli straffad för mindre än han är skyldig till heller.

Det kommer kanske att verka som att jag ljög för att skydda honom. Men jag kom inte ihåg. Jag var helt övertygad om att jag kom loss och sprang ut på gatan och stötte ihop med den där killen som hjälpte mig in på restaurangen sen.

Nu har jag varit till polisen och berättat hur det verkligen var. Jag har berättat the truth, the whole truth and nothing but the truth. När jag var där och hämtade mina kläder gav polisen mig ett visitkort med sitt namn och telefonnummer, och det numret ringde jag innan. När jag hade sagt vad det gällde sa han att det gick bra att jag kom samma dag, och efter lunch åkte jag dit. På jobbet sa jag att jag inte mådde bra och måste gå hem tidigare. Jag har inte berättat för Bernt vad jag har kommit på, så jag tyckte att det var bäst att göra det på arbetstid så att jag inte skulle behöva ljuga för honom.

Jag fick träffa samma polis som förra gången. Han kom och hämtade mig i entrén, och när vi kom in på hans rum satte han sig vid skrivbordet och öppnade en mapp som låg framför honom. Han bad mig sitta ner och startade en bandspelare och rabblade upp datum och klockslag och namn och varför jag var där. Sen fick jag berätta.

– I det här läget är jag tvungen att ställa frågor till dig

som jag inte tycker om att ställa. En del kommer att vara väldigt personliga och närgångna. Det är inte min mening att genera eller plåga dig, men jag är tvungen att fråga och få svar. Förstår du?

– Ja.

– Bra. Ta det från början. Berätta vad han gjorde med dig och hur det gick till.

– Ska jag ta det från allra första början eller när han…

– När du försökte springa iväg grep han tag i dig igen och fick omkull dig på marken?

– Ja, och så satte han sig på mig och slog till mig i ansiktet.

– Hur satte han sig?

– Med ett ben på varje sida med knäna mot marken så att jag inte kunde komma upp. Först mot marken och sen mot mina armar.

– Han satte sig gränsle över dig och pressade ner dina armar med knäna?

– Ja.

– Och så gav han dig ett slag i ansiktet?

– Ja.

– Slog han med öppen eller knuten hand?

– Knuten.

– Och det var bara ett slag?

– Ja.

– Säger han nånting i samband med att han utdelar det här slaget?

– Ja. "Det där gör du fan inte om!" sa han.

Jag var rädd att han skulle tycka att det var konstigt att jag inte hade kommit ihåg alltihop från början, men han sa att det inte alls är ovanligt att en person som har varit med om en traumatisk händelse drabbas av minnesförlust. Han eller hon glömmer det som har hänt, helt eller delvis, för att skydda sig själv från känslomässig överbelastning, och det är en helt normal försvarsreaktion, sa han.

Han var vänlig och förstående och fick mig att känna det som att det var han och jag på samma sida mot den där killen. Det kändes som att han var intresserad av mig och ville hjälpa mig. Men det var väl bara att få fram information han var intresserad av.

Nu har jag i alla fall gjort min plikt och berättat allt som hände.

– Är det nånting du vill tillägga? Nånting som du har funderat på eller som du tycker att jag har glömt att fråga?

– Nej…

– Okej. Då får jag tacka för att du kom hit, och så stänger jag av bandet här klockan 15.35.

När jag kom hem kände jag mig konstig. Det kändes som att jag inte hade sagt sanningen fast jag hade det. Det kändes som att jag inte hade kommit åt det viktigaste. Men jag vet inte vad det viktigaste är.

Jag blir ledsen när jag tänker på den där polisen och hans tonfall när han pratade med mig. Jag lägger in medkänsla och omtanke och respekt och kärlek och allt möjligt i hans röst. Men det kan ju inte ha funnits där. Det fattar jag. Det fanns ingenting i den utom yrkesmässigt intresse. Jag hade information, som det var han jobb att få fram, och därför lyssnade han. Det var bara mina upplysningar han var intresserad av och inget annat. Han var inte intresserad av *mig*, för det är det ingen som är.

Inte ens mamma och pappa har varit det. Om jag hade fått det jag behövde när jag var liten, hade jag kanske sluppit går här nu och reagera så konstigt på allting. Det känns som att den där polisen brydde sig mer om mig än pappa gjorde. En främmande person, som inte kände mig, brydde sig mer om mig än han. För pappa lyssnade aldrig och hade aldrig tid. Han var aldrig där. Jag kunde aldrig komma till honom och berätta om det jag tänkte på och var uppfylld av, för han hade aldrig tid, och han var inte intresserad, och han ville inte höra och inte veta och inte *ha* mig, för han älskade mig inte.

Det gjorde inte Bernt heller. Det var kanske för att han är lik pappa som jag fastnade för honom? Men nu vill jag inte vara ihop längre med en person som inte bryr sig om mig. Nu vill jag vara med en som lyssnar och tröstar och förstår.

Man måste kunna försvara sig. För att ha en chans att klara sig om man blir angripen måste man både kunna känna att man är värd att försvara och veta hur man ska göra. Jag har läst om det i en bok och försökt tänka ut vad jag skulle ha gjort om jag hade vetat vad som var det rätta.

För det första skulle jag, när jag såg honom stå där i gathörnet och röka och jag tyckte att det kändes obehagligt att behöva passera honom, bara ha gått över till andra sidan gatan. För han hade säkert tänkt ut i förväg att han skulle försöka få in en tjej på den där bakgården.

För det andra skulle jag, när han hejdade mig och frågade hur mycket klockan var, inte ha stannat utan sagt att jag inte visste och fortsatt att gå.

Och när han började gå bredvid mig skulle jag ha tagit mig till ett ställe där det var mycket folk. Jag kunde till exempel ha vänt och gått in på Lucullus.

Och när han högg tag i min arm skulle jag ha ryckt mig loss eller kört in armbågen i sidan på honom så att han hade blivit tvungen att släppa mig.

Men sen sa han att han hade en pistol, och då vet jag inte riktigt hur man ska göra. Fast jag trodde ju inte på det, så jag hade inte behövt bry mig om det.

Jag skäms när jag tänker på hur flat jag var. Det finns ju så mycket som jag skulle ha kunnat ta till. När han tryckte upp mig mot väggen kunde jag ha sparkat honom eller stampat honom på foten eller kört upp ett knä mellan benen på honom och kommit loss.

Men vad gjorde jag? Jo, jag bara stod där och väntade på att han skulle sluta av sig själv.

– Du hade ingen möjlighet att ta dig därifrån?

– Nej.

– På vilket sätt hindrade han dig?

– Han höll fast mina armar och tryckte mig mot väggen. Jag kunde inte komma loss och förbi honom.

Poliserna som förhörde mig måste ha tyckt att jag var dum. Visserligen slog han mig när jag försökte ta mig loss, men jag gjorde ingenting tillbaka. Om man inte vet hur man ska göra och inte känner sig arg gör man väl inte det.

Men nu vet jag i alla fall vad som är möjligt att göra. Man ska angripa hans svagaste punkter som är ögonen, strupen, testiklarna och knäna. Och han kan aldrig hålla fast alla ens kroppsdelar samtidigt, så man har alltid en eller flera delar fria att försvara sig med.

Med fingrarna kan man klämma, riva, trycka och dra, med handflatorna kan man slå mot hans öron eller upp under näsan – fast då kan näsbenet skjutas upp i hjärnan på honom så att han dör –, med händerna kan man klämma åt om hans testiklar eller dra ett finger ur led, med knytnävarna kan man slå mot halsen, med armbågarna kan man slå mot halsen eller mellangärdet, med tänderna kan man bita i hans penis – fast det skulle jag aldrig kunna förmå mig att göra –, med fötterna och hälarna kan man sparka mot hans testiklar och knän, med pannan eller bakhuvudet – beroende på var han står – kan man dunka mot hans näsa, och knäna kan man köra upp i skrevet på honom.

Och man ska inte tro att man inte kan ge honom allvarliga skador, för trycker man för hårt mot ögonen kan han bli blind, och slår man mot halsen kan luftstrupen svälla igen så att han kvävs, och sparkar man mot testiklarna kan han bli medvetslös.

Men jag gjorde ingenting. Delvis berodde det på att jag inte visste hur jag skulle göra, men mest var det för att jag inte kände mig värd att försvara.

Jag har blivit kallad till rättegång. I brevet står det vilken dag och tid jag ska vara där, och att jag är skyldig att komma. Om jag uteblir utan giltiga skäl kan jag få betala böter eller bli hämtad till domstolen med hjälp av polis. Jag är tvungen att klara av det, fast jag känner mig osäker och helst vill slippa.

Varför kan jag inte känna att han inte hade rätt att göra det han gjorde? Jag vet det och jag tycker det, men jag kan inte känna det. Om man inte vet vad riktigt kärlek är kan man kanske inte avgöra vad som är hat heller? Om jag kunde känna att jag är värd att älska skulle det kanske vara lättare? Men jag kan inte känna det, för jag vet inte hur det ser ut. Jag har aldrig sett det och aldrig fått det, så hur ska jag kunna veta hur det känns? Jag vet inte ens om jag skulle kunna ta emot det om en kille älskade mig och skulle vilja visa det fysiskt. Om en kille skulle vilja ligga med mig av kärlek och inte av *förakt* eller vad det nu är Bernt har känt ibland när han har legat med mig.

Jag har gått med på så mycket som jag inte har velat, och det har gjort att jag har börjat förakta mig själv också och inte kunnat reagera när andra har föraktat mig. Jag tycker inte att jag är värd bättre därför att jag inte fick bättre från början. Jag fick inget av mamma och inget av pappa som gjorde att jag kände mig älskad och värdefull. Jag vet inte vad jag är värd. Jag kanske inte förtjänar bättre än att föraktas, misshandlas och våldtas. Jo, det gör jag, men varken att den där killen hotade mig, slog mig eller våldtog mig får mig ju att hata honom. Det är som att jag inte förstår vad det betyder. Jag tyckte inte att det han gjorde var värre än ett tand-läkarbesök eller vad som helst annat som är lite obehagligt och smärtsamt. Man är stel och spänd och ligger bara och väntar på att det ska ta slut... Det fysiska obehaget var det enda jag reagerade på.

Bernt och jag ska inte vara ihop längre. Han har bett mig flytta, och jag ska göra det så fort som möjligt. Vi har haft sällskap i sex år och bott ihop i två. Vi träffades när jag var sexton år och han tjugo. Men nu är det slut. Hade inte han gjort slut så hade jag gjort det. Det är skönt att vi är överens och inte brå-kar. Jag hoppas att jag ska komma iväg innan rät-tegången har varit. Jag har inte berättat för honom om kallelsen, och jag tänker inte göra det heller.

DEL FYRA

Det är höst igen. Från mitt fönster har jag utsikt över en liten park, och löven på träden och buskarna har börjat gulna. Det var vid den här tiden förra året det hände.

Det är morfars lägenhet jag bor i nu. Den har stått tom sen han blev intagen på långvården, och han kommer kanske aldrig mer tillbaka. Jag har ställt ner det mesta av hans möbler och saker i källarförrådet och tagit hit mina egna. Jag ville inte flytta hem till mamma igen.

Lägenheten ligger på Fyrislundsgatan på tredje våningen. Det är en bostadsrätt, och jag känner mig trygg här. Till polisen sa jag att jag blev rädd när den där killen hotade mig, men det var inte sant. Jag var inte rädd när det hände, och jag har inte varit det efteråt heller.

Det är skönt att bo ensam. Det är skönt att få vara ifred. Jag är glad att Bernt slängde ut mig. Men jag blir så tungsint och oföretagsam när ingen driver på mig. Jag kommer knappt ur sängen ibland när jag är ledig. Jag brukar ligga och lyssna på ljud från grannarna. Hur folk spolar på toaletten, spelar musik, stänger dörrar och går i trapporna. Men killen som bor under mig vill jag helst slippa höra, för han har så dålig musiksmak. Och helst vill man ju att det ska vara tyst.

Jag stod inte ut med Bernt till slut. Inte ens när han började bli mer som vanligt igen orkade jag med honom. Jag reagerade på honom som på en irriterande fluga som surrade runt och inte lät mig vara ifred. Jag ville att han skulle vara tyst och inte komma och störa mig med en massa oviktiga saker som jag inte var intresserad av. Jag var otrevlig och snäste åt honom, och fast jag visste att jag var orättvis och gjorde fel, kunde jag inte låta bli. Till slut sa han att han inte ville ha mig där längre.

Jag har inga vänner. Sen Petra flyttade till sin kille i Tyskland har jag bara haft Bernt, och han är ingen vän.

Det är väl det här jag alltid har varit rädd för. Att leva ensam och klara mig själv. Men det måste man kunna. Och det var bra att jag insåg hur fel mitt och Bernts förhållande var, och att han hjälpte mig att få slut på det.

Ibland tror jag att kärleken finns, men för det mesta tvivlar jag. Det där jag tänkte om Göran förut var så dumt. Han bryr sig ju inte om mig på det sättet. Han skjutsar mig fortfararande om vi går samtidigt från jobbet fast jag bor i Årsta nu. Det är lika nära hans lägenhet som förut men åt motsatta hållet. Ibland har jag tänkt att jag ska fråga om han vill följa med mig in och se hur jag har det, men jag vet inte vad det skulle vara för mening med det.

Han har ett band i bilen som han brukar spela ibland när vi åker, och alltid när jag hör det – eller en särskild låt på det – blir jag gråtfärdig. Musiken får mig att känna som att kärlek finns och att han älskar mig. Det är så larvigt. Varför tänker jag så när det inte är så? Det är ett band med Arne Lamberth som spelar trumpet, och låten heter Russian Folk Song. Jag står nästan inte ut med att höra den, men ändå har jag gått och köpt ett likadant band själv. Det är när jag ligger och lyssnar på det som jag kan få för mig att jag är kär i Göran och han i mig.

Men så är det inte, och därför blir jag nästan avvisande mot honom istället. Jag vill inte att han ska tycka synd om mig och vilja trösta mig som han gjorde förut bara för att han vet vad jag har varit med om. Jag vill att han ska vara intresserad av mig ändå, men det är han inte, och därför är det bättre att jag inte öppnar mig alls. Fast om han inte är intresserad *nu*, hade han ju inte behövt vara det förut heller. Jag förstår inte varför han ville veta hur det var med mig. Det var konstigt. Och hur ska jag tyda att han kom hem till mig när jag var sjuk? Vad menade och ville han med det?

Nu är det gjort. Nu har rättegången varit. Jag tog ut en semesterdag, för jag ville inte berätta på jobbet vad jag skulle göra. Jag sa inget till Göran heller, fast han vet.

Ja, så åkte jag dit då… Först fick jag vänta i ett rum utanför rättssalen, och där satt det flera andra tjejer som den där killen också hade våldtagit eller försökt våldta. Det var ingen som sa det, men jag förstod det av sammanhanget. Alla hade sällskap med sig utom jag.

Vi blev inkallade en och en, och till slut var det min tur. Jag fick sätta mig på en bänk till vänster i rättssalen, och på höger sida satt den där killen med sin advokat. Det var en man som satt bredvid mig också, men det vet jag inte vem det var. Jo, det måste ha varit åklagaren. Och rakt framför oss satt nämndemännen och rättens ordförande.

Det var meningen att jag skulle berätta med egna ord vad som hade hänt, men det gick inte bra, så jag fick frågor också, för att jag skulle komma igenom det.

– Hur var du klädd den här kvällen?

– Jag hade kortärmad tröja, långkofta, långbyxor och en tunn kappa – som en rock – och promenadskor.

– Ingen huvudbonad?

– Nej.

– Men underkläder förstås?

– Ja, behå och trosor.

– Och en del av dessa klädesplagg tog alltså den tilltalade av dig vid det aktuella tillfället?

– Ja.

– Kan du ange vilka?

– Kappan, långbyxorna och trosorna.

– Kan du berätta hur det gick till.

– ...

– Hur blev du till exempel av med kappan?

– Han knäppte upp den och sen sprang jag ur den.

– Han knäppte upp kappan?

– Ja.

– Skedde det med ditt samtycke, eller protesterade du?

– Jag ville inte att han skulle göra det, men jag sa inget.

– Det gjorde du inte? Och du försökte inte hindra honom?

– Nej.

– Hur kan det komma sig?

– Jag vet inte. Jag kom mig inte för.

– Du kom dig inte för.

– Han sa sig vara sexuellt upphetsad?

– Ja.

– Och vad gjorde du då?

– Ingenting.

– Men då kunde du väl inte längre sväva i tvivelsmål om vilka hans avsikter var?

– Du lät honom knäppa upp kappan, blotta dina bröst och dra av dig långbyxorna utan att protestera?

– Nej, han drog inte av...

– Stämmer det att du lät detta ske utan att göra nämnvärt motstånd?

– Ja.

Nu vet jag vad killen heter och hur gammal han är. Det ska jag försöka glömma igen. Att kalla honom vid namn är detsamma som att bekräfta honom, och det kan jag inte förmå mig att göra. Han är ingen riktig person för mig och kommer aldrig att bli det heller.

Jag kände inget särskilt när jag såg honom. För mig var han bara den som jag pekade ut hos polisen och inte den som våldtog mig. Jag ville inte titta på honom. Men jag lyssnade på det han berättade.

Han mindes nästan ingenting alls av det som hände den där kvällen. Han kände inte ens igen mig, sa han. Och när han blev tillfrågad om vad han hade gjort tidigare under dagen sa han att han hade hängt på stan och druckit öl och sen åkt med några kompisar i en bil där han också hade druckit, och på kvällen hade han följt med en annan kille hem och delat en flaska starksprit med honom. Om han hade druckit så mycket som han sa, borde han ha varit ganska full när han stod där i gathörnet och rökte, men det märktes inte. Eller ljög han om det för att kunna skylla på att han var så full att han inte visste vad han gjorde när han överföll mig? Han fick frågan om han hade stått där och väntat på att en kvinna skulle dyka upp, men det hade han inte, sa han. Han förnekade att det var planerat. Men det tror jag, för varför skulle han annars ha stått där? Och han kom bara ihåg att han hade hejdat mig och frågat hur mycket klockan var och att han hade fått in mig på den där gården. Ingenting om att han hade en pistol eller vad han mer hade gjort. Han hade ett svagt minne av att vi hade legat på marken, men sen visste han bara att han hade hoppat på en buss och åkt hem. Han bodde hos sin mamma i Gränby, och när han kom hem var hon uppe, och hon hade märkt att han inte var sig lik och frågat vad som hade hänt, men han hade bara sagt att han var trött och gått och lagt sig.

Och det var kanske sant att han inte kom ihåg mer. Jag vet inte. Det spelade i alla fall ingen roll eftersom alla visste ändå att han var skyldig. *Jag* visste ju det och alla andra också. Och hans advokat verkade inte särskilt positivt inställd till honom. Han lät mer som en åklagare än som en försvarsadvokat när han frågade ut honom.

*– Hur är det, har du svårigheter med det här att skaffa
dig normala sexuella relationer till kvinnor?*
– Nej, det har jag inte.
– Du har haft normala förhållanden?
– Ja, vid ett flertal tillfällen.
– Även fasta förbindelser?
– Ja, en brud var jag ihop med i över ett år.
*– Kan du då ge en förklaring till varför du håller på så
här och förgriper dig på okända kvinnor?*
*– Ja, till största delen beror det på spriten. När jag är
påverkad av sprit kan det inträffa att jag inte är fullt
medveten om vad jag gör. Jag får nån sorts blackout.*
*– Du anser att det är spritens fel att du begår sex-
brott?*
*– Ja, till största delen är det det. I nyktert tillstånd
skulle jag aldrig ofreda nån.*
*– Det skulle du inte? Men borde du inte försöka av-
hålla dig från att dricka då, med tanke på vilka konse-
kvenser det kan få?*
*– Jo, men det är ju inte så jävla lätt att bara lägga av
heller.*
– Tack, då har jag inga fler frågor.

Sen var det inte mer, och jag fick åka hem. Det kän-
des lite snopet, för det hade gått så fort, och det
märktes på domaren och åklagaren att det bara var
ett tråkigt jobb som skulle göras.

Men det är skönt att det är över. Vad han blev dömd till fick man inte veta då, utan det kommer senare. Det får jag ta reda på själv i så fall, för det meddelas inte. Lägsta straffet för våldtäkt är två år, så mindre än det får han väl inte. Men jag bryr mig inte om vad han blir dömd till. Det intresserar mig inte. Jag kommer inte att ta reda på det. Jag vill att repet ska gå av nu så att jag blir fri.

Varför kan jag inte sluta tänka på det? Det hjälper inte att rättegången har varit. Jag kan ändå inte lägga det bakom mig. Under rättegången blev det inte alls lika detaljerat beskrivet som under polisförhören, men det påminde mig, och nu har jag börjat älta det igen.

Jag hade varit på bio och var på väg till bussen när jag träffade honom. Jag gick och tänkte på filmen som jag hade sett och på att jag inte ville åka hem. Att jag inte stannade på Stora torget och väntade på bussen berodde på det. Jag tänkte att jag kunde promenera och dra ut på det lite. Det var mest en känsla och inga riktiga tankar, men jag vågade inte tala om för polisen att jag hade känt så och att det var därför jag inte stannade på torget.

– Du hade alltså varit på bio?
– Ja.
– På vilken biograf då?
– På Spegeln.
– På Spegeln? Men då ligger väl hållplatsen på Drott-

ninggatan eller Stora torget närmare till hands?

– Ja, men jag missade precis en buss, och då tänkte jag att jag kunde gå en bit medan jag väntade på nästa och hoppa på några hållplatser längre fram.

– Jag förstår.

Jag ljög för polisen och sa att jag hade missat bussen och att det var därför jag började gå.

Jag gick på Vaksalagatan, och när jag kom fram till Storgatan såg jag en kille stå där i hörnet vid elaffären. Ja, och när jag hade gått förbi honom hörde jag steg bakom mig och en röst som sa:

"Vänta ett tag!"

Jag stannade och vände mig om, och då kom han fram till mig och frågade hur mycket klockan var.

"Den är halv elva", sa jag och började gå igen.

Och han följde med. Han började gå bredvid mig. Först var han tyst, men när jag bara gick utan att låtsas om honom, sa han:

"Du behöver väl inte ha så bråttom? Du kan väl stanna och snacka ett tag?"

Men jag ville inte det, och det sa jag. Då blev han arg och tog tag i min arm.

"Jag vill snacka med dig!" sa han.

Och så knuffade han in mig i en portgång som fanns där. Jag blev så överrumplad att jag inte kom mig för med att göra motstånd först. Sen försökte jag tränga mig förbi honom och ut igen, men han ställde sig i vägen och hindrade mig. Det fanns en

tvådelad järngrind där, och den tog jag tag i och
höll mig fast i, för då började jag fatta att han kan-
ske inte skulle låta mig gå. Då stack han ner ena
handen i jackfickan och sköt fram tyget mot mig.

"Jag har pistol!" sa han.

"Det tror jag inte på", sa jag.

Att jag sa och kände så berättade jag inte heller
för polisen. Det normala är ju att man blir rädd om
man hotas med ett vapen. Men jag trodde inte på
det och tyckte bara att han var löjlig.

Sen slet han loss mig från grinden och knuffade
in mig på gården.

*– Kommer du ihåg om han sa nånting i samband med att
han gjorde det här?*

– Ja. "Vi ska in här!" sa han.

– Och vad svarade du?

– Jag sa att jag inte ville.

– Mhm.

– Ja, och så frågade jag vad han höll på med.

– Kan du återge replikerna så ordagrant som möjligt.

*– Ja, först sa han att vi skulle in där då, och då sa jag:
"Varför det?" "Därför att jag säger det!" sa han. Sen
frågade jag varför han… "Varför gör du så här?" sa jag,
och då sa han att han var…*

– Ja?

– "Jag är kåt!" sa han.

Innanför porten var det en lampa som lyste, men

längre in mellan husväggarna var det mörkt. Det var inte tänt i några fönster, för det är gamla, obebodda hus runt den där gården. Ingen kunde se oss och ingen skulle höra om jag skrek, om jag skulle behöva skrika.

Men jag trodde inte att det skulle bli värre. När han hade fattat att jag inte ville, skulle han sluta och låta mig gå, trodde jag. Jag var så dum.

Och jag kom inte loss. Han knuffade in mig där det var mörkt och tryckte upp mig mot en vägg och knäppte upp min kappa. Med den ena handen höll han fast mig och med den andra knäppte han upp kappan.

– Och vidare? Vad hände sen?

– Han började gnida sig mot mig. Han gned och gnuggade sig mot mig med… underlivet.

– Mm. Och sen?

– Drog han upp min tröja och tog fram ett bröst och böjde sig ner och kysste det.

– Hur gjorde han när han tog han fram det?

– Han lyfte upp det ur kupan på behån och ut över kanten, liksom.

– Mm. Och så böjde han sig ner och kysste det?

– Ja.

Och jag bara stod där och lät honom hålla på. Fast när han försökte knäppa upp mina byxor gjorde jag motstånd. Jag satte benen i kors och försökte slita bort hans hand. När jag inte fick bort den tänkte jag att jag måste ropa på hjälp. Samtidigt var jag rädd att han skulle bli arg, så jag bara *sa* att jag skulle göra det.

"Om du inte släpper så skriker jag", sa jag.

Det berättade jag inte heller för polisen, för det verkade så löjligt att jag försökte hota honom med det istället för att bara göra det.

Och han brydde sig inte om det. Han öppnade blixtlåset i gylfen och tog fram den. Jag hade inte trott att han skulle göra det. Jag hade trott att han skulle låta mig gå när han hade förstått att jag inte ville.

Men han tog fram den och skulle ha in den. Han försökte bända isär mina ben med händerna. Då blev jag arg och skrek. Jag visste att ingen skulle komma och hjälpa mig, men jag tänkte att han kanske skulle tro det och bli rädd och springa iväg.

Istället blev han arg och slog till mig i ansiktet.

– Slog han med öppen eller knuten hand?
– Med öppen, som en örfil.
– Hur många gånger?
– En gång.
– Var det ett hårt slag?
– Ja.

"Nu håller du käften!" sa han. "Skriker du en gång till så dödar jag dig!"

Och så tog han tag om min hals och dunkade
mitt huvud mot väggen.

– Var det en kraftig dunk som framkallade smärta?
– Ja, jag fick en bula där.
– Men han dunkade inte så hårt att det fanns risk för
att du skulle förlora medvetandet?
– Nej, men jag var rädd att han skulle göra om det och
ta i hårdare nästa gång.

Jag trodde inte att han skulle döda mig, men om
han slog mig medvetslös skulle jag inte kunna för-
svara mig, så jag tänkte att det var bäst att vara tyst.
Det kändes dumt att vara så nära gatan och trotto-
aren, där folk kanske kom gående, och bara låta det
hända.

Och han fortsatte att försöka få av mig byxorna.
Efter ett tag tänkte jag att han kanske skulle låta
mig vara om han fick utlösning och föreslog att jag
skulle runka åt honom.

"Ja, gör det då, för fan!" sa han.

Och jag försökte, men han hade nästan inget
stånd, och jag kunde inte få det att gå för honom.
Jag gjorde kanske fel. Och så tänkte jag: Varför gör
han så här när han inte ens är sexuellt upphetsad?
Han hade sagt att han var kåt, men han hade inget
stånd, och det skulle han väl ha haft i så fall? Jag
kunde inte ge honom det heller, och när inget
hände slutade jag. Han fick ingen erektion, och jag

trodde inte att det skulle gå för honom hur länge jag än höll på. Så jag slutade.

Då slet han av mig trosorna. Och jag vet inte, men jag tänkte att han kanske hade blivit lite upphetsad av det jag hade gjort i alla fall, och att det var därför han fortsatte. Jag hade ju tänkt att det skulle gå för honom så att han blev lugn, men det blev tvärtom.

Och jag försökte skrämma honom.

"Om jag skriker igen kommer det folk hit och då åker du fast", sa jag.

Det berättade jag inte för polisen. Då satte han en hand över min mun och tryckte till så att jag slog huvudet i väggen igen. Jag kände att det luktade nikotin om hans fingrar, och hans hand var så äcklig.

"Du vet vad jag har sagt!" sa han.

Och jag hade inte tänkt skrika mer, för det vågade jag inte, men det visste ju inte han. Jag ville bara få honom att sluta.

Men han fortsatte att försöka få in den.

– Han försökte föra in sin penis i slidan?

– Ja, men det gick inte, för jag satte benen i kors. Och den var för mjuk och vek sig.

– Han hade inte tillräckligt kraftig erektion?

– Nej, den var alldeles slak.

Han ville kanske straffknulla mig med slak kuk,

höll jag nästan på att säga under förhöret, som ett litet skämt. Och så tänkte jag att det kunde verka som att jag var besviken över att den var slak.

Varför är jag så knäpp? Det kryper i mig av obehag när jag tänker på alla konstiga tankar och infall som jag kan få.

Han gav sig inte, men det gick inte, och till slut blev han arg och slet bort mig från väggen och slängde omkull mig på marken. Men jag kom upp igen och började springa. Han högg tag i min kappa, men den sprang jag ur och bort mot porten.

Jag trodde att det slutade där, men det gjorde det inte. Han fick tag i mig igen. När jag hade slunkit ur kappan fick han tag i mig igen och vräkte ner mig på marken och satte sig på mig.

– Och sen?

– Sen flyttade han sig uppåt och försökte få in… försökte trycka in den i min mun. Men jag gapade inte, och den var alldeles mjuk och sladdrig, så det gick inte.

– Han försökte tvinga in sin penis i din mun?

– Ja, men jag gapade inte.

– Och hur reagerade han på det?

– Han sa att om jag inte gapade så skulle han döda mig.

– Han hotade dig till livet?

– Ja. Men jag kunde inte ändå. Jag trodde att jag skulle…

– Ta det lugnt. Det är ingen brådska.

– Nej, jag…

– Du vägrade alltså att ta hans penis i munnen?

– Ja.

– Och vad gjorde han då?

– Sa att han skulle döda mig.

– Visade han några tecken på i sitt beteende att han var beredd att ta till grövre våld för att få sin vilja igenom?

– Ja, han var arg.

– Hur yttrade sig den ilskan?

– Han svor. Men sen började han dra i den istället och gnida den mot mina kinder.

– Han gned sin penis mot ditt ansikte?

– Ja, tryckte och gned. Och till slut fick han… erektion och försökte igen, men jag…

– Mm?

– Jag gapade inte, och han tog tag i mitt hår så att jag inte skulle kunna vrida bort ansiktet och tryckte på mot mina läppar. "Sug för fan!" sa han. Men jag kunde inte, och han… Jag försökte komma loss, och han blev ännu argare och reste lite på sig och slet upp min kofta och trängde sig ner mellan mina ben. Jag kunde inte hindra honom. Och han…

– Ja?

– Han fick in den och började…

– Han förde in sin penis i slidan?

– Ja, och började…

– Göra samlagsrörelser?

– Ja.

– Kan du berätta för mig vad du tänkte på medan det pågick? Medan han var inne i…

– Ja, jag tänkte att det var tur att jag äter p-piller och att det var konstigt att han vågade göra det så nära gatan där folk gick förbi. Det var inte ens mörkt där vi låg, för jag hade sprungit iväg en bit innan han fick tag i mig igen. Och så tänkte – eller kände – jag att det gjorde ont när jag gneds mot gruset.

– Ja du… Men du tänkte inte på att ropa på hjälp?

– Nej, det vågade jag inte.

– Hur länge uppskattar du att själva samlaget pågick?

– Jag vet inte. Men det verkade som att han inte skulle kunna.

– Inte kunna?

– Ja, få…

– Utlösning?

– Ja.

– Vad var det som gav dig det intrycket?

– Att han blev irriterad och tog i så att svetten rann. Och då tänkte jag att om det inte gick för honom skulle han kanske bli ännu argare och låta ilskan gå ut över mig och slå ihjäl mig.

– Du kände dig hotad till livet?

– Nej, men jag tänkte att det kunde gå så om han inte fick utlösning. Så jag hoppades att han skulle få det. Jag äter ju p-piller, så det skulle inte ha… Men han slutade innan han var klar.

– Han ejakulerade inte?

– Vad…

– Han avbröt sig innan han hade fått sädesuttöm-
ning?

– Ja.

– Och hur märkte du att det förhöll sig på det sättet?

– Genom att ingenting rann ut när jag reste mig upp.

– Mm… Han avbröt sig, säger du.

– Ja, plötsligt hoppade han bara upp och sprang iväg.

– Hann du se åt vilket håll han sprang?

– Ja, längre in.

– Längre in på gården?

– Ja.

– Han tog inte samma väg som ni hade kommit då,
genom portgången ut mot Vaksalagatan?

– Nej.

– Och vad gjorde du?

– Jag satte mig upp. Först låg jag kvar på marken ett
tag, och sen vet jag att jag reste mig, men jag kommer
inte ihåg att jag gick ut på gatan. Jag vet inte hur jag
kom dit.

– Du har en minneslucka där?

– Ja.

– Men resten minns du? Att du träffade den här killen
som hjälpte dig in på Lucullus och…

– Ja.

Ligger under honom på marken med benen hårt isärpres-
sade av hans kropp, tryckt mot gruset av hans tyngd,
ansiktet vänt åt sidan, hakan mot axeln, armarna fast-
låsta av hans händer
kommer inte loss
Hör hans väsande andetag, känner hur han stöter, flåsar,
stönar, stöter
äter p-piller, kan inte bli med barn
Hasar bakåt för varje stöt, rullar på stenarna, skrapas
mot gruset, gnids mot marken för varje stöt
det gör ont
Känner händerna som klämmer åt om handlederna, som
håller hårt om handlederna och pressar armarna mot
marken
konstigt att han vågar göra det så nära gatan där folk
kanske går förbi
Hör hur luften väser in, ut, in, ut, genom hans mun
Känner hans spritdoftande andedräkt mot ansiktet, håll-
ler huvudet åt sidan, pressar hakan mot axeln
vill inte känna
Försöker vrida på kroppen och komma undan, försöker

komma loss
rår inte på honom
Blundar
vill inte känna, känner inte

Öppnar ögonen och ser hans ansikte, ser hans an-
strängda, svettiga ansikte
han är ful
Rycker till och får armarna fria, kastar överkroppen åt
sidan, vräks tillbaka mot marken, slår huvudet i marken,
mår illa, får kväljningar
får inte kräkas
Ser hans särade läppar och halvöppna mun
han är äcklig
Blundar och ligger stilla

Vet inte mer, vet inte mer förrän han svär till och hoppar
upp, är uppe, står upp och andas tungt
han är klar, när blev han klar
Ser hans hand, stirrar på hans hand, stirrar på handen
som stoppar in penisen i jeansen, rycker och sliter i blixt-
låset, drar upp blixtlåset i gylfen
Ser när han vänder sig om och försvinner, försvinner in
i mörkret, uppslukas av mörkret och är borta
är borta

Ligger kvar på marken, ligger på rygg med upphasad
kofta och benen isär
orkar inte resa mig

Känner hur vinden kyler där hans kropp har varit, kän-
ner hur det svider och bränner mellan benen
måste resa mig
För ihop benen, drar ner koftan, vrider överkroppen åt
sidan, tar stöd med händerna mot marken, häver mig
upp, sitter

Sitter i gruset, rättar till kläderna, borstar bort damm
och skräp som har fastnat på koftan
han tog inte väskan, väskan ligger där borta, måste gå
och hämta väskan
Ändrar försiktigt ställning, kravlar långsamt upp, är
uppe

Står
måste hämta väskan och kläderna, måste klä på mig och
åka hem, måste åka hem
Darrar i benen, försöker slappna av, tar några stapp-
lande steg, blir yr i huvudet, börjar kallsvettas, vacklar
till
får inte svimma, får inte ramla, måst gå och
Det slår lock för öronen, susar i huvudet, svindlar för
ögonen, blir svart

DEL FEM

Jag har börjat reta mig på att killen som bor under mig har stereon för högt på när han lyssnar på musik. Han spelar inte på nätterna, och det är ju tillåtet att spela före klockan tio på kvällen, men jag blir störd ändå, för jag vill inte höra. Jag blir så arg att jag darrar i hela kroppen och får hjärtklappning och svårt att andas. Jag önskar att jag vågade gå ner och säga att om han inte omedelbart stänger av sitt jävla oljud så ska jag slå sönder både honom och stereon.

Men det kan jag inte göra. Det har man ingen rätt till. Och jag vill egentligen inte göra saker som han kan sätta dit mig för. Det enda som duger är väl att jag ber honom. Men jag kan inte be honom. Jag tycker inte om honom. Han är den typen som gillar att gå omkring med bar överkropp och visa upp sig och som tror att han är stark och snygg och smart fast han egentligen är raka motsatsen.

En gång när jag var på väg ner kom han ut i trapphuset med en ölburk i handen och hade bara trånga jeans och en ful halskedja på sig, och när jag gick förbi honom glodde han på mig och hejade. Jag svarade inte, för jag vill inte befatta mig med idioter.

Men det måste jag så länge han stör. Varje gång han sätter på musik hugger det till i maggropen på mig, och sen kan jag inte koppla av och fortsätta med det jag höll på med förrän det har blivit tyst igen. Jag blir som förlamad och kan inte göra det jag vill så länge det pågår.

Och jag kan aldrig känna mig säker på att det inte snart ska börja igen. Jag är på min vakt hela tiden och går bara och väntar på att det ska komma. Han gör intrång när han tvingar mig att lyssna på ljud som jag inte vill höra. Men vad ska jag göra? Jag har ju ingen rätt att be honom sluta.

Och jag vill inte prata med honom. Men jag kan inte bara låta det vara heller. Jag har dunkat i golvet några gånger, men antingen har han inte hört eller också bryr han sig inte om det. Och jag har funderat på att skriva en lapp och lägga i hans brevlåda. Men jag tycker inte att det borde behövas, för är man normal så fattar man att man stör andra om man spelar musik så högt som han gör. Han borde fatta det själv, men det gör han bevisligen inte, och därför vill jag inte befatta mig med honom. Jag vill inte befatta mig med en person som är så dum och hänsynslös och bara tänker på sina egna behov.

Samtidigt tänker jag att jag kanske reagerar överdrivet för att jag blir påmind om annat som jag har blivit tvingad till, och att om det inte vore för det så skulle jag inte bry mig så mycket om vad han gör. Jag vet inte. Jag vet inte om jag har rätt eller fel. Jag vågar inte lita på det jag känner. Jag *tycker* att man borde slippa bli störd, men det får man ju inte stöd för ens i lagen, så jag vet inte.

I natt drömde jag att jag irrade omkring inne på ett stort sjukhus och letade efter en telefon. Jag visste att det var viktigt att jag hittade en så att jag skulle kunna ringa, men det fanns ingen att fråga, för alla var upptagna, och jag var tvungen att leta själv. Jag skyndade mig fram och tillbaka genom långa korridorer, in och ut ur rum, upp och ner för trappor, och det var folk överallt, men ingen tycktes se mig eller bry sig om mig.

Göran verkar inte intresserad av mig längre. Det var tydligen bara det att han trodde att Bernt misshandlade mig som oroade honom. Eller klarade han inte av att jag berättade om våldtäktsförsöket?

Han vet fortfarande inte att det var en fullbordad våldtäkt. Jag har inte berättat det för honom. Jag trodde att han kanske skulle fråga lite om det som hade hänt direkt efter att jag hade visat honom tidningsurklippet, men det gjorde han inte, och det fick mig att bli osäker. Det är väl därför jag inte har berättat. Att han inte har frågat kan bero på mig också, att jag har dragit mig undan och nästan blivit avvisande mot honom för att jag inte ska gå och inbilla mig saker som inte finns. Jag förstår i alla fall att det hänger mest på mig hur det ska bli, för egentligen tror jag inte att det är han som är rädd.

Ibland tänker jag på hur det skulle kännas att ligga med en kille som jag hade lust att ligga med och inte bara låg med för att jag tyckte att jag måste, och då brukar jag tänka på Göran. Inte att det skulle vara han, men om jag föreställer mig en kille som är som han, som inte behöver hävda sig och visa sin makt och som jag inte skulle känna mig föraktad och utnyttjad av, så tror jag att jag skulle kunna vara öppen och njuta.

Jag vet inte varför jag blir så arg när killen under mig sätter på musik. Jag tror att det beror på att jag inte kan komma undan och är så maktlös. Jag vill inte känna mig maktlös och feg. Jag brukar tänka att jag ska knuffa honom nerför trappan så att han bryter nacken av sig eller skära sönder däcken på hans bil eller ringa och väcka honom mitt i natten varje gång han har stört eller…

Förra gången han började spela ringde jag till honom. Jag var så arg att det kändes som att jag skulle bli tokig om jag inte försökte få stopp på det. Jag hittade numret i telefonkatalogen med hjälp av efternamnet på dörren och gatuadressen.

"Stäng av det där jävla oljudet!" sa jag när han svarade.

"Vem är det som pratar?" sa han.

Då slängde jag på luren.

Nu vet han i alla fall vad jag tycker. Han kan ju inte veta säkert att det var jag som ringde, men det borde han kunna räkna ut.

Men han stängde inte av. Han kommer kanske

att spela ännu mer och ännu högre nu, bara för att hämnas och visa sin makt.

Och jag visste att han inte skulle bry sig om det. Det känns lite bättre att ha gjort det, för fortsätter han nu, när han vet att han stör, så bevisar det att jag har uppfattat honom rätt. Men det finns fortfarande inget jag kan göra för att få honom att sluta. Det känns så orättvist. Varför får han plåga och förstöra för mig, medan jag inte ens får försvara mig mot honom? Hur kan det vara tillåtet? Jag förstår inte det.

Det enda jag kan göra är att avsky och förakta honom, och nu när jag inte behöver tvivla på längre att jag har anledning till det, kan jag kanske sätta mig över det han gör och se ner på honom istället för att bli arg. Jag ska i alla fall försöka, för jag orkar inte hålla på och reta upp mig hela tiden. Jag vill inte att han ska lyckas göra mig arg. Jag vill inte ha med honom att göra. Han är en äcklig liten skit som inte är värd att spotta på en gång. Jag befattar mig inte med idioter som han. Det är under min värdighet att lägga märke till honom. Han finns inte, och därför *kan* han inte störa mig.

Nu när jag vet vad som kan hända hemma, och jag sitter med Göran i bilen, känns det som det gjorde när jag hade fått skjuts av polisen hem och jag inte ville gå in till Bernt. Jag vill hellre stanna med Göran eller följa med honom hem. Men han har aldrig bjudit in mig. Han kanske tror att jag inte vill. Han har kanske känt sig avvisad när han har kramat mig och försökt trösta mig och jag båda gångerna bara har stått där stel som en pinne och inte visat gensvar.

Jag vågar inte öppna mig för honom. Jag vet inte vad han känner, och jag är rädd att jag ska missförstå. Men jag ser fram emot bilturen med honom varje dag. Om han går före mig från jobbet eller stannar kvar längre, så att jag måste ta bussen, blir jag besviken.

Vi pratar nästan ingenting medan vi åker. Bara lite om jobbet ibland och om andra oviktiga saker. Aldrig om oss själva. Han ger mig utrymme, och jag vet inte vad jag ska fylla det med. Han fyller inte sitt heller. Vi är lika tysta och tillbakadragna båda två.

Ibland när jag vaknar mitt i natten och det är alldeles tyst överallt, tänker jag att tystnad är kärlek. Och i en bok läste jag: "Integritet (rättighet) – rätten för varje människa att få sin egenart och inre sfär respekterad och att inte utsättas för störande ingrepp."

Det är så jag känner att Göran är mot mig, och det är därför jag kan få för mig att han är kär i mig. Men allt som är positivt är inte kärlek. Det fattar jag. Och så fort jag tänker att jag är kär i honom, känner jag mig som en omogen tonåring som är hemligt förälskad i en lärare som inte är intresserad tillbaka. Han är bara fem år äldre än jag, så det kan inte vara åldersskillnaden som gör att jag känner mig barnslig i jämförelse med honom ibland, och det beror inte på att han ser ner på mig och behandlar mig nedlåtande, för det gör han inte.

Jag vet inte vad det beror på. Det enda jag vet är att kärlek är för stort för mig. Sex skulle vi kanske kunna ha, men inte kärlek.

När jag kom hem från jobbet var killen som bor un-
der mig ute på parkeringen vid sin bil, och när jag
gick förbi ropade han på mig. Först tänkte jag låtsas
som att jag inte hörde och bara fortsätta in, för jag
ville inte prata med honom, men sen kändes det
som att jag var tvungen att göra det i alla fall, för
att ge honom en chans att visa att han… Nej, jag vet
inte vad jag tänkte. Men jag vände och gick fram till
honom, och han sträckte fram handen och sa:

"Tjänare! Jag har visst inte presenterat mig. To-
mas heter jag, och det är jag som bor i lägenheten
under dig."

Och jag tog i hand och sa mitt namn fast jag inte
ville det heller. Varför är det så svårt att låta bli att
vara artig? Och så sa han:

"Du har visst klagomål på mig?"

"Har jag?" sa jag, för jag tänkte inte erkänna mer
än han kunde bevisa.

"Ja, jag har frågat alla grannar, och ingen har haft
nånting att invända mot att jag spelar min musik,
så det måste vara du. Men jag tycker att det är bätt-

re att man diskuterar saker och försöker komma överens, så jag tänkte bara påpeka att jag är i min fulla rätt att spela bara jag inte gör det på nätterna."

"Så bra för dig då!" sa jag och tyckte att han var så äcklig och ful att jag nästan inte kunde titta på honom.

"Däremot är det inte tillåtet att skaka mattor från balkongen, som du kanske vet", sa han.

Och jag har kanske skakat några mattor ibland, men jag sa ingenting, och han glodde på mig och fortsatte:

"Så om du inte slutar med det kommer jag att snacka med föreningen."

"Ja, det kan du ju roa dig med!" sa jag.

Han fick mig att känna mig i underläge, för jag visste ju att jag har gjort fel medan han inte har gjort ett dugg som strider mot bestämmelserna.

"Då är vi överens då?" sa han.

"Nej, det är vi inte!" sa jag och vände mig om och gick.

Jag kände mig helt tillintetgjord efteråt. Det kändes som att jag lika gärna kunde lägga mig ner och dö. För han hade lyckats vända på alltihop. Han ska få fortsätta att störa, medan jag inte ens får skaka en liten matta från min balkong. Det är så orättvist. Och jag har för det mesta inte *skakat* mattorna utan bara haft några hängande över balkongräcket medan jag har städat. Men det gläder mig om det har ramlat ner skräp på hans balkong!

Jag känner mig lurad. Varför gick jag fram och pratade med honom fast jag inte ville? Och nu hatar han väl mig. Jag vågar nästan inte gå ner för trappan och förbi hans dörr ifall han ska dyka upp. Jag känner mig inte trygg hemma längre. Så ska det väl inte behöva vara? Man ska väl inte behöva gå och vara rädd i sitt eget hem?

Men det är jag. Jag vet inte vart jag ska vägen för att kunna vara säker på att inget ska hända. Och när han börjar spela kan jag inte komma undan. Då är jag tvungen att finna mig i det tills han behagar sluta. Jag vill inte ha det så, men vad ska jag göra? Det finns ju ingen hjälp att få.

Det är kanske lika bra att jag flyttar. Men varför ska jag som har rätt ge mig iväg, medan han som har fel få stanna kvar? Jag kan inte göra det heller. Jag kan inte ge mig för honom.

Jag är inte fysiskt rädd för honom. Jag är inte rädd för att han ska ge sig på mig med våld. Gör han det polisanmäler jag honom. Jag nästan önskar att han ska göra det så att jag får sätta dit honom.

Det jag är rädd för är att jag ska bli lurad. Jag är rädd för att jag ska tappa känslan av hur mycket jag avskyr och föraktar honom, så att jag låter honom komma åt mig igen.

På grund av en tidningsartikel som Viola satt och läste vid fikabordet på jobbet kom samtalet in på våldtäkt, och då slängde Egon ur sig att alla kvinnor fantiserar om att bli våldtagna.

Jag kände att Göran tittade på mig, som för att se min reaktion, men jag bryr mig inte om vad Egon säger, för jag vet redan att han är dum i huvudet och ser ner på kvinnor.

"In your dreams, gosse", sa Viola, som inte heller gillar Egons stil. "Och när det gäller våldtäktsmän så tycker jag att dom borde kastreras!"

Varför känner jag inte som hon? Varför hatar jag inte killen på stan för det han gjorde mot mig? Varför reagerar jag inte som alla andra? Varför är jag så knäpp?

Men killen under mig hatar jag. Jag skulle inte ha gått fram och pratat med honom när han ropade på mig, för det gjorde mig osäker igen. Det fick mig att känna som att jag inte visste vad jag skulle göra om han gjorde om det, eller om han ringde eller kom upp.

Men nu vet jag. Om han ropade skulle jag inte låtsas höra, om han ringde skulle jag slänga på luren och om han kom upp skulle jag slå igen dörren. Först tyckte jag att jag inte skulle kunna vara så oartig, och att det bara skulle göra honom ännu argare. Jag kände mig rädd, men inte för att han är stor och stark, utan för att han är så okänslig och dum att man är dömd att förlora mot honom. Jag trodde att jag var tvungen att svara när han tilltalade mig, precis som jag trodde att jag måste svara på hur mycket klockan var när den där killen på stan kom och frågade mig om det.

Man blir bara lurad. Jag ska inte lyssna på killen under mig och känna mig hatad. Jag ska lyssna på mig själv och hata *honom*, för då vet jag inte, och bryr mig inte om vad han känner. Då behöver jag inte vara rädd. Det är så äckligt att tänka på att jag lät honom ta mig i hand. Varför gjorde jag det?

Det känns som att jag skulle kunna döda honom. Jag vill ge igen och få bort honom en gång för alla. Jag vill tvinga honom att erkänna och ångra sig och bli rädd och be om nåd, och när han har gjort det ska jag sparka honom och plåga honom och till slut döda honom, för det är han eller jag, och jag vill att det ska bli jag, för det är jag som har rätt och han som har fel.

Men så kommer det inte att bli. Jag kan inte få stopp på det så länge han bor kvar. Men hade jag en pistol skulle jag skjuta honom, och jag skulle inte

bry mig om ifall jag kom i fängelse, för som det nu
är sitter jag redan i fängelse, och det skulle i alla fall
kännas som en befrielse att ha dödat honom och
veta att han inte fanns mer.

Bernt har varit här. Vi har varken träffats eller pratat i telefon sen han hjälpte mig flytta, men igår kväll kom han hit och ringde på. När jag öppnade sa han att det var en sak han ville prata med mig om och frågade om han fick komma in en stund. Jag ville egentligen inte släppa in honom, för han stod där med en cigarett, och inte var han riktigt nykter heller, märkte jag. Men jag tyckte inte att jag bara kunde smälla igen dörren mitt framför näsan på honom heller utan att ha tagit reda på vad han ville. Varför lär jag mig aldrig?

Det han ville var att få ligga med mig, och när jag avvisade honom blev han arg.

– Äh, var inte grinig nu. Jag gillar ju dig, Susanne, och det måste jag väl få visa.

– Ja, men inte så här.

– Jo, kom nu.

– Nej, jag vill inte.

– Visst fan vill du.

– Nej, säger jag.

– *För gammal kärleks skull?*

– *Kärlek?*

– *Ja, kom nu!*

– *Nej! Du hör väl vad jag säger?*

– *Ja, du säger en sak och menar en annan.*

– *Det gör jag inte alls det!*

– *Jo, jag känner dig, Susanne. Jag känner dig jävlig bra, och jag vet vad du behöver.*

– *Nej, det vet du inte.*

– *Men du har väl inte heller nån att knulla med nu? Eller?*

– *Det angår väl inte dig i så fall! Och släpp mig nu!*

– *Nej, jag släpper inte förrän du har erkänt.*

– *Erkänt vadå?*

– *Att du behöver kuk.*

– *Släpp sa jag!*

– *Gör dig inte till.*

– *Sluta nu!*

– *Men det är ju så här du vill ha det. Eller hur? Du gillar ju hårda tag.*

– *Nej, det gör jag inte!*

– *Jo, du gillar ju att bli våldtagen.*

Han höll fast mig och tryckte ner mig på sängen. Till slut blev jag så arg att jag fick lust att slå till honom. Men jag hann inte göra det förrän han slängde mig ifrån sig och gick

När han hade gått grät jag. Jävla idiot! tänkte jag. Varför måste du var så dum? Jag ska aldrig mer släppa in dig! Jag föreställde mig att han försökte lägga sig ovanpå mig och att jag drog upp benen och satte fötterna mot hans mage och sparkade honom bakåt det hårdaste jag kunde. Jag kände att jag måste få bort honom från mig. Jag låg på rygg i sängen och gjorde det i verkligheten flera gånger, fast han inte var där. Jag gjorde som jag borde ha gjort redan från början. För sanningen är att jag aldrig har velat ligga med honom och aldrig har velat ha honom. Jag förstår inte hur jag en gång har kunnat tro att jag älskade honom och att han älskade mig.

I natt drömde jag att det var inbrott i min lägenhet. När jag kom hem var allt sönderslaget och förstört. Och inbrottstjuven var fortfarande kvar. Han såg att jag kom, men han brydde sig inte om det utan fortsatte bara att slå på möblerna. Jag skrek att jag skulle anmäla honom för polisen och begära skadestånd för allt som var förstört, och jag sa att det han gjorde kändes värre än att bli knivhuggen.

Sen vaknade jag. I drömmen kände jag mig så maktlös när jag märkte att han inte brydde sig om hur det kändes för mig och jag insåg att jag aldrig skulle kunna få honom att förstå det heller.

Så är det i verkligheten också. Jag vet inte vad jag ska göra för att det ska bli bra. Det finns ju ingenting.

I början kändes det inte alls så här. Då tyckte jag nästan att det som hade hänt var spännande och intressant. Men nu fattar jag, att vad man än har varit med om, och hur man än har det, så finns det ingen anledning att gå omkring och känna sig märkvärdig. Det är ingen som bryr sig om det i alla fall.

Ingen bryr sig om det och ingen kan hjälpa en.

Jag vill att killen under mig ska dö. Jag vill plåga och tortera honom som han plågar och torterar mig, för jag orkar inte känna mig maktlös och hata varje dag. Jag ska ta hans jävla kuk och lägga upp den på en skärbräda medan den fortfarande sitter kvar på honom och skära upp den på längden. Han ska vara vid medvetande hela tiden och känna alltihop. Sen ska jag hacka den i småbitar och köra ner bitarna i halsen på honom en efter en, och när han ligger där och håller på att kvävas ska jag skratta och fråga om det är några fler påpekanden han vill göra innan han dör. För dö ska han. Alla av hans sort ska dö, så att jag slipper se deras äckliga kroppar och ansikten och slipper höra deras falska röster och ord. Jag ska döda allihop, för ingen enda har rätt att leva.

Varför försvarade jag mig inte mot killen på stan? Varför lät jag honom göra som han gjorde? Ja, jag vet varför, men det känns så obegripligt nu att jag bara fann mig i det. Jag skäms för att jag var så passiv. Jag förstår om poliserna tyckte att jag reagerade konstigt.

Det skulle ju aldrig ha behövt hända. Jag vet att jag skulle ha klarat mig ifrån det om jag bara hade blivit arg. Det var det att jag inte blev arg, och inte att jag var rädd, som gjorde mig passiv. Jag var inte rädd för att han skulle slå ihjäl mig. Jag trodde inte att han skulle göra det. Men jag ville inte bli slagen, och jag tyckte inte att det han gjorde var så farligt. Inte från början i alla fall.

Sen vet jag inte. Det enda jag vet är att jag borde ha försvarat mig så fort han kom, så att det aldrig hade hänt. För så länge vi var ute på gatan hade han inte en chans. Det hade han inte. Han skulle aldrig ha lyckats få mig med sig om jag hade reagerat normalt. Jag hade inte behövt känna till några grepp eller knep för att klara mig undan. Jag skulle ha klarat mig ändå, om jag bara hade kunnat känna vad jag ville och inte ville. Jag får skylla mig själv som blev våldtagen. För jag var ett lätt offer som inte hade vett att göra motstånd. Jag följde ju med honom nästan frivilligt in på den där gården. Jag gjorde bara halvhjärtat motstånd. Det vet jag att jag gjorde. Men jag hade inte behövt vara så medgörlig och dum.

I går kväll när jag gick ut med soporna dök plötsligt killen under mig upp i trappan. Jag var inte beredd på att träffa honom och kände mig alldeles handfallen. Jag bara stod där och lät honom prata. Jag gick inte därifrån som jag hade bestämt att jag skulle göra.

"Dina balkonglådor ställer till problem för mig", sa han. "Det droppar vatten från dom ner på min balkong och dom drar till sig insekter som besvärar mig när jag sitter och solar."

Sitter han och solar på balkongen i oktober? Det var ju bara skitsnack. Och vad tror han att hans stinkande cigaretter gör då, när jag vill sitta på *min* balkong? Men jag sa inget, och han glodde på mig och fortsatte:

"Jag hoppas du åtgärdar det!"

Jag fick inte fram ett ord, och det är jag glad för nu, för inte ens ett litet ord vill jag ge honom.

"Är vi överens då?" sa han.

Då vände jag och gick in och stängde dörren.

Och först kände jag ingenting, utom att jag var

glad att jag inte hade svarat honom. Men jag borde ju inte ha stått kvar där och lyssnat på honom heller. Jag borde ha fattat att han bara var ute efter att komma åt mig och gått därifrån på en gång.

Han kan dra åt helvete! Han skulle bara våga tilltala mig igen! Han har ingen rätt till det. Ett ord från honom är ett lika stort övergrepp som om han skulle försöka våldta mig. Nej, det är värre, för ett fysiskt angrepp kan man inte missta sig på, och har rätt att försvara sig mot, men när hatet är gömt och inlindat i vanliga ord blir man osäker och vet inte vad man ska göra. Och jag tycker inte att han är värd att få veta vad jag känner. Att bli arg på honom och visa det för honom vore detsamma som att bekräfta hans existens och betydelse, och det är det sista jag vill göra. Jag vill inte veta av honom. När han kom upp i trappan skulle jag ha reagerat som att jag varken såg eller hörde honom och gått in så fort jag hade kastat soppåsen.

Sen började jag tänka på Bernt och på hur han var, och då tyckte jag att han gjorde likadant mot mig som killen under mig gör. Jag blev ledsen när jag tänkte på att han inte brydde sig om hur det var för mig och att han försökte komma åt mig bara för att jag var jag.

För det var det han gjorde. Så länge jag inte visade vad jag kände hände ingenting. Då var han nöjd. Men så fort jag var ärlig och försökte säga ifrån blev han arg. Han klarade inte av att erkänna sanningen, och därför måste han försöka trycka ner mig och hämnas på mig när jag ifrågasatte lögnen.

Jag visste inte att jag var ledsen för det Bernt gjorde. Då, när det hände, kände jag för det mesta ingenting alls. Men när jag tänker på det nu känner jag att jag inte kan förlåta honom för att han gav sig på mig när jag var som svagast och behövde hjälp och tröst. Varför gjorde han det? Vad var det han kände sig så hotad av? Det han gjorde var ju nästan värre än det killen på stan gjorde. För Bernt kände ju mig och skulle föreställa älska mig.

Det var kanske för att killen på stan påminde om Bernt som jag inte var tillräckligt avvisande mot honom från början? Han kanske kändes bekant för mig, fast jag inte visste vem han var? Det var kanske för att han hade samma sorts utstrålning som Bernt brukade ha ibland, som jag inte hade vett att bli rädd för honom?

När Bernt låg med mig kunde jag aldrig njuta. Man kan ju inte öppna sig för en person som man inte känner förtroende för. Han öppnade sig inte för mig heller. Jag älskade inte honom och han älskade inte mig. Vi spelade bara varsin roll. Jag var ett sexualobjekt för honom och han var en pappa som alltid var där och aldrig försvann för mig. Det var det jag behövde då. Det var därför det kändes som att han älskade mig. Men det var inte kärlek. Vi bråkade aldrig och var överens om allting, för vi visade oss aldrig som vi var. Det ingick i avtalet att vi inte skulle göra det. Att lämna rollen och vara ärlig var att bryta avtalet.

Och det gjorde jag. Jag drog mig ur utan att bry mig om att han inte var beredd på det och inte klarade av det. Redan före våldtäkten hade jag börjat känna mig missnöjd, fast jag inte hade erkänt det riktigt för mig själv, och efteråt, när han reagerade så där konstigt, kunde jag inte blunda för det längre. Jag tror att han omedvetet kände igen sig själv i våldtäktsmannen och att det var därför han blev arg och inte kunde bry sig om mig. Han misstänkte mig för att ha varit med på det, därför att jag aldrig protesterade när han själv låg med mig mot min vilja. Han kunde inte ställa sig på min sida, för då skulle han ha varit tvungen att göra sig av med en del av sig själv.

Det känns som att jag har blivit hatad och utnyttjad i hela mitt liv. Det var lättare förut, när jag inte visste riktigt vad jag kände. Men jag kan inte stänga mig igen och blunda för sanningen. Det är ju det folk gör eller inte gör som visar hur det verkligen är. Och nu… Jag vet inte hur det kommer att bli. Ingen kan ju veta och förstå allting.

När jag hade gått och lagt mig och skulle sova kände jag att Göran låg bakom mig, tätt intill mig, och skyddade min kropp med sin. Det var bara en fantasi, men det kändes varmt och tryggt, och när han utan vidare gled in i mig var det så upphetsande att jag var tvungen att onanera för att få slut på det.

Efteråt tänkte jag: Det är inget fel på mig. Jag kan känna lust och njuta. Jag är inte frigid.

Sen grät jag och somnade.

Det är inte sant att ont ska med ont fördrivas.

Det har varit inbrott på jobbet. Det var jag som upptäckte det. Först fick jag se att dörren till kontoret stod öppen, och sen såg jag att lådorna i flera av skrivborden var utdragna och att det låg fullt med saker på golvet. Jag kände mig alldeles darrig i benen och mådde nästan illa, men jag gick runt och tittade i alla rum för att se hur det såg ut. I rummet intill var ett väggskåp uppbrutet, och saker var utrivna, men annars var det ingenting.

Ja, och så kom Egon, och jag visade honom vad som hade hänt, och han ringde till polisen. Det var bara en radio och pengarna i kaffekassan som var borta, men det skulle ju anmälas i alla fall.

När polisen kom var Göran och Viola också där. Poliserna pratade med Egon och undersökte skåpet och dörren till kontoret och lådorna i skrivborden som var öppnade. Ytterdörren hade också blivit uppbruten, men det hade jag inte märkt för den var igenslagen och hade gått i lås igen.

Jag tyckte att det var konstigt att poliserna pratade bara med Egon och inte med mig när det var jag som hade upptäckt inbrottet. Jag blev besviken och kände mig ignorerad när ingen vände sig till mig. Jag ville att polisen skulle intressera sig för mig en gång till, fast det inte var mig det gällde nu. Jag vet att det inte är normalt att känna så, och jag skäms när jag tänker på hur konstigt jag reagerar ibland, men det är i alla fall ingen mer än jag som vet om det. Ingen ska få veta det heller, för det är den skamligaste och mest förbjudna hemlighet jag har.

När poliserna hade åkt kände jag mig nedstämd. Först fattade jag inte vad det var, men sen började jag tänka på brottsplatsundersökningen som gjordes på gården efter våldtäkten. Jag tänkte på att det kom folk dit och samlade ihop mina kläder och stoppade ner mina sönderslitna trosor i en påse som sen hamnade i ett tjänsterum hos polisen och slängdes i en papperskorg när jag var där för att hämta kläderna. Och jag tänkte på kappan och långbyxorna som jag inte kunde använda mer och blev tvungen att kasta för att inte bli påmind. Koftan och skorna behöll jag, men resten gjorde jag mig av med.

När jag kom hem ringde mamma. Jag tvingade mig att lyssna på det hon hade att säga och tänkte att jag inte skulle avbryta henne utan låta henne fortsätta tills hon avslutade samtalet själv. Jag tänkte att jag skulle uthärda det utan att försöka komma undan. Jag hade inte ätit och var hungrig, men jag ville testa henne och se hur lång tid det skulle ta innan hon slutade.

Det tog tjugotre minuter. I tjugotre minuter utnyttjade hon mig innan hon var nöjd.

När vi hade lagt på tänkte jag: Dra åt helvete jävla våldtäktskärring!

Sen började jag gråta och ropa på mamma.

Killen under mig har flyttat. Han är sonson till gubben som äger lägenheten och bodde här bara tillfälligt. Det var gubben själv som berättade det för mig när vi möttes i trappan. Han sa att han hoppades att "grabben skötte sig" medan han bodde här. Jag hann inte svara förrän han hade gått in till sig. Men jag hoppas att han aldrig mer kommer att låna ut lägenheten till sin jävla sonson.

Alla män som har behandlat mig illa är borta: Leif Holmkvist, Bernt Gustafsson, Glenn Nyberg och Tomas Dahlin. Nu när jag är säker på deras skuld kan jag säga deras namn, och alla borde anklagas och avslöjas offentligt.

Vad är det som driver en förövare att göra det han gör? Jag vill veta och förstå, och därför har jag lånat två böcker om våldtäkt på biblioteket. Den ena heter Våld mot kvinnor av Eva Ekselius, och den andra heter Män som våldtar av Nicholas Groth.

Jag har skrivit av det viktigaste ur båda.

En våldtäkt kan inträffa var som helst: hemma, i en park, i en trappuppgång, i en bil. Kvinnan kan till och med ha gått och lagt sig och somnat. Det finns ingen plats där hon går säker.

Våldtäkten är en komplicerad, motstridig och svårtydbar handling. Den styrs av en mångfald behov och motiv, ofta omedvetna för gärningsmannen. Det går att urskilja vissa mönster i de bakomliggande drivkrafterna. Där finns ett starkt behov av att förneka sexuell ångest och tvivel på den egna manligheten. Där finns behovet av att minska eller undkomma känslan av svaghet, sårbarhet, otillräcklighet. Där finns behovet av att ersätta dessa känslor med makt, kontroll, styrka, osårbarhet. Där finns också behovet att ge utlopp åt vrede, bitterhet, besvikelse och hat mot alla kvinnor genom att såra, kränka och förnedra en av dem.

Män som begår våldtäkt gör det inte för att de är sexuellt frustrerade eller för att de lider under trycket av en extremt stark sexualdrift. Våldtäkten har ofta mycket lite med sexualitet att göra. För de flesta våldtäktsmän tillfredsställer den helt andra behov. Våldtäkten ger utlopp för känslor av vrede och hat och den tillfredsställer – för en kort stund – hans behov av att känna makt och styrka.

För våldtäktsmannen är sexualiteten i själva verket något fult, snuskigt, smutsigt. Det är därför han använder den för att kränka och förnedra kvinnan.

*Våldtäktsmannen är i själva verket en person med all-
varliga psykiska störningar som försvårar hans relatio-
ner till andra människor, och som, när han befinner sig
i en stressituation, får utlopp i en sexuell handling. Hans
mest uttalade psykiska defekt är frånvaron av varje form
av intim känslorelation till andra personer, män som
kvinnor. Han har svårt att visa värme, tillit, medkänsla
och inlevelse i andras problem, och hans förbindelser
med andra människor saknar ömsesidighet, han är oför-
mögen att ta och ge.*

Det hjälper inte att veta och förstå.

Det blåser ute. Höstlöven virvlar runt i luften. Träden och buskarna i parken kommer snart att vara svarta och kala.

Vad ska jag göra hela vintern mer än att jobba? Jag har inga vänner och inga särskilda intressen. På kvällarna tittar jag på teve eller läser. Jag dricker te och lyssnar på musik och tänker. Det är det enda jag gör, förutom allt praktiskt. Bernt är borta och mamma vill jag inte umgås med och Göran träffar jag bara på jobbet och när han skjutsar mig hem.

Jag har berättat för honom om rättegången och att jag inte var det enda offret. Mer har jag inte sagt, och han har inte frågat. Han tror fortfarande att det bara var ett våldtäktsförsök. Det känns bättre nu när jag vet att inte ens killen som gjorde det kommer ihåg det riktigt. Att jag är ensam om att minnas det och att repet till honom inte finns mer.

Jag förstår varför Göran inte frågar. Jag har ju inte frågat honom om olyckan med hans syster heller. Det är vem man är, och vem man har blivit av det man har varit med om, som är det viktiga, inte hur saker och ting har gått till.

Jag borde gå ut och dansa och träffa killar igen. Jag borde kolla upp vilka universitetskurser jag ska söka i vår. Redan innan det hände hade jag börjat fundera på att plugga vidare. Sociologi eller psykologi är det jag närmast har tänkt mig. Men det finns annat också som kan vara intressant att läsa om jag inte skulle komma in på mina förstahandsval. Jag får se hur jag känner mig i vår när det blir dags att söka.

Jag drömde att jag hittade en skadad katt utanför porten. Den låg ihopkrupen och tittade på mig med plågad blick. Jag vågade inte undersöka den och se efter hur skadad den var, men jag kunde inte lämna den ensam heller, så jag bara stod där och grät. Efter en stund reste den sig mödosamt och började gå därifrån, och då såg jag att pälsen under magen var helt genomdränkt av blod. När den märkte att jag inte tänkte hjälpa den gick den iväg för att inte besvära mig mer.

Hur länge låg jag avsvimmad inne på gården innan jag vaknade? Jag ser min kropp ligga där i gruset på marken som ett smutsigt bylte. Jag måste ha vaknat och tagit mig upp, men det kommer jag inte ihåg.

Annars minns jag allt som hände. Jag kommer ihåg alla rörelser, tankar och ord, och jag vet hur det kändes i kroppen. Jag har återupplevt det som hände både utifrån och inifrån, och jag har lärt mig att bli arg och säga ifrån och att vilja försvara mig och våga gå till motangrepp. Jag vet och förstår var-

för övergrepp händer, och jag låter mig inte be-
handlas illa av andra mer.

Ändå försvinner det inte. Jag försöker tänka på
framtiden och känna mig fri, men jag känner mig
bara instängd och isolerad. Det är som att ha gått
vilse i en mörk skog och inte hitta rätta vägen ut.

Varför gråter jag mycket mer nu än jag gjorde i början? Den första veckan grät jag inte alls. Inte den andra heller. Jag var så hård och okänslig då och tyckte att det som hade hänt inte var så mycket att bry sig om.

Jag kände mig överlägsen honom. Fysiskt var han mer än dubbelt så stark som jag, men psykiskt kändes han som en egoistisk liten unge som bara ville ha och tog för sig av det han kunde. Jag tänkte inte så, men det var så jag uppfattade honom. Jag kunde inte känna mig som ett hjälplöst offer för honom när jag egentligen såg ner på honom.

Men han skadade mig. Han slog mig och förnedrade mig och utnyttjade mig. Han använde våld för att få sin vilja igenom. Varför känner jag ingenting när jag tänker på det?

Ville jag att det skulle hända? Om det inte hade hänt hade jag kanske aldrig lärt mig det jag vet nu. Och hade jag inte varit ensam hade jag kanske aldrig kunnat koncentrera mig på att försöka reda ut det. Bernt hade nog rätt när han kände sig hotad.

I en bok läste jag: "Offer och gärningsman spelade ett spel gentemot varandra, vilket ledde fram till brottet. Vem som var skyldig och vem som var oskyldig var svårt att avgöra, eftersom man inte var insatt i de olika spelturerna. Skulden var troligtvis jämnt fördelad, eftersom brottet inte hade kunnat ske utan den andres medverkan."

Var det så det gick till? Var vi två om det? Är det därför jag inte kan hata honom?

Om jag tycker att jag har lärt mig saker av det som hände borde jag vara nöjd nu, men det är jag inte. Det känns bara tomt. Jag är instängd i ett tomt rum och kan inte ta mig ut. Det kryper i mig, som att jag är på väg att spricka, men hur jag än försöker vet jag inte hur jag ska bära mig åt för att få upp dörren.

Jag kommer aldrig att få veta. Jag kommer aldrig att förstå. Jag kommer aldrig att bli fri.

Jag fryser. Jag har feber. Jag är sjuk. Jag orkar inte vara uppe. Jag ligger i sängen i mörkret och väntar på att det ska gå över.
Kan du berätta för mig vad du tänkte på medan det pågick

Allt är en enda röra. Bilder, röster, ord.
Vad är det som har hänt här då

Snart är det jul. Jag ska inte fira jul i år. Det är ingenting att fira.

Det värker i öronen och halsen.
Han tog strypgrepp på dig

Vad är det för dag idag? Det är lördag. Ingen vet att jag är sjuk. Det började igår kväll och nu är det snart söndag.
Berätta vad han gjorde med dig
Jag gråter.
Förstod du inte att det var samlag han var ute efter

Jag fryser. Täcket och filtarna hjälper inte. Ingenting hjälper.
Du tänkte inte på att ropa på hjälp

Jag har ingen termometer och vet inte hur hög feber jag har. En gång när jag var liten hade jag över fyrtio grader. Jag har kanske lika hög feber nu, så kraftlös och slak som jag känner mig.
Han hade ingen erektion menar du
Mamma kände på min panna.
Du är ju brännhet lilla gumman
Jag gråter.

Vad är det som dunkar?
Han dunkade ditt huvud mot väggen
Är det mitt hjärta som dunkar? Är det mina hjärtslag jag hör i öronen?

Jag känner mig dimmig i huvudet. Tankarna far hit och dit. Ibland känns det som att jag vill skrika.
Skriker du så dödar jag dig

Somnade jag? Det är för varmt under filtarna. Jag svettas. Håret klibbar i pannan och nacken. Det värker i hela kroppen. Huden bränner. Täcket och filtarna är för tunga. Jag kan inte andas.
Klämde han åt så att du fick svårt att andas

Att bli så här överhettad kan inte vara bra. Man kan kanske dö av det.

Du kände dig hotad till livet

Jag har inget febernedsättande att ta heller. Jag kan kanske kyla ner mig med en våt handduk över pannan, som pappa gjorde en gång när han hade somnat i solen. Det känns farligt att vara så här varm.

Sjåpa dig inte flicka

Är radion på? Varför satte jag på radion? Vad var det jag skulle lyssna på?

Hur tolkade du hans beteende

Jag orkar inte höra. Jag måste gå upp och stänga av radion.

Du insåg inte situationens allvar

Jag orkar inte gå upp. Jag kryper ihop under täcket.

Nej, nu får du inte lägga dig

Huvudet värker. Hela ansiktet värker.

Slog han med öppen eller knuten hand

Vad gör min kropp? När jag ligger på rygg korsar sig armarna under brösten

Och så böjde han sig ner och kysste det

och händerna griper tag i tröjan på varsin sida och håller fast.

Kan du beskriva hur han höll händerna

Ibland tar den högra handen tag om den vänstra

handleden över min mage eller kramar åt om fing-
rarna.
Var det två eller flera fingrar han stack in
Kroppen håller fast mig så att jag inte ska glida in i
feberdimman och försvinna.
Vad har du råkat ut för då
Jag är ledsen och gråter.

Det är inte radion som låter. Det är jag.
Gnäll är det värsta jag vet
Gnäll var det värsta pappa visste.

Jag är vaken och sover om vartannat. Timmarna
går. När jag mår bättre ska jag duscha och tvätta
håret och ta på mig rena underkläder och byta la-
kanen i sängen.

Röster utanför dörren. Springande steg i trappan.
Ytterdörren är låst. Ingen kan komma in.
Vi ska in här
Den ska in

Varför svek jag den skadade katten? Varför kunde
jag inte hjälpa den?
Du gillar ju att bli våldtagen

Han gned sin penis mot ditt ansikte
Han försökte tvinga in sin penis i din mun
Han förde in sin penis i slidan

Ja, det gjorde han! Ja, det gjorde han!

Jag jämrar mig och gråter.

Jag gråter för att jag tycker synd om mig själv. Jag gråter av självömkan.

Att känna självmedlidande är svagt och skamligt. Vem har fått mig att tro det? Det var pappa som fick mig att tro det. Jag är glad att han försvann. Han var inget att ha. Han hade fel.

Det är synd om mig nu när jag är ensam och ligger sjuk och ingen hjälper mig. Det var synd om mig då när jag var ensam och blev våldtagen och ingen hjälpte mig.

Nej, det var mitt eget fel.

Men om det inte hade varit jag? Om jag hade sett det hända på film? Om jag hade sett hur han antastade henne, tvingade henne, hotade henne, slog henne, utnyttjade henne och våldtog henne? Skulle jag inte ha tyckt synd om henne då och velat hjälpa henne?

Jo, det skulle jag.

Jo, det skulle jag! Varför har jag inte förstått?

Nej gör det inte, jag vill inte, snälla gör det inte, låt mig vara, snälla låt mig vara, varför kan du inte låta mig vara, varför gör du så här, vad har jag gjort, varför måste jag när jag inte vill, varför kan jag inte få slippa, jag vill ju inte, varför bryr du dig inte om vad jag känner, varför bryr du dig inte om att jag inte vill, varför gör du så här,

*jag vill inte, du får inte, snälla snälla gör det inte, jag
vill inte, du får inte, gör det inte, du har ingen rätt att
göra det, nej nej nej, å gode Gud varför händer det här,
varför händer det, varför måste det hända, det gör ont,
det är äckligt, jag mår illa, jag orkar inte, jag vill inte,
varför är det ingen som hjälper mig, vad ska jag göra,
varför finns det inget jag kan göra, å gode gode Gud
varför är det ingen som hjälper mig*

DEL SEX

Jag får skjuts av Göran hem.

Vi lyssnar på musik,
och när Russian Folk Song spelas gråter jag.

Jag är alldeles öppen,
och ingenting hindrar mig att känna.

Jag försöker inte dölja tårarna,
och jag känner hans tysta medvetenhet om mig.

Jag har inte berättat, men det känns som att han vet
ändå.
Han vet vem jag är.
Det är det enda viktiga, inte vad andra har gjort
mot mig.

Han har funnits här hela tiden,
och nu finns jag också här.

Jag sitter bredvid honom i mörkret,

och trumpetens klara toner går rakt in i mig och fyl-
ler mig med sorg.
Jag hör ömhet, vemod, hänsyn och tröst och ett
stegrande skrik av smärta och triumf,
och jag känner att kärleken finns.

Det är så här det slutar och så här det börjar,
och det är allt jag vet.